バツ３の看取り夫人と呼ばれていますので捨て置いてくださいませ

夢見るライオン

CONTENTS

イリス
スペンサー公爵家の長男。冷たい美貌で周囲から誤解されやすいが、実は家族想いの優しい性格。クロネリアのことを気に掛ける。
バツ3の
看取り夫人と
呼ばれていますので
捨て置いてくださいませ
CHARACTER
クロネリア
父親の借金返済のため、余命わずかな高齢貴族のもとに嫁ぎ、「看取り夫人」と呼ばれる。今回が三度目の結婚となる。

アーク

イリスの弟。
父である公爵を心配するあまり
クロネリアに辛く当たる。
普段は素直で礼儀正しい少年。

スペンサー公爵

スペンサー公爵家の現当主で、
イリスとアークの父親。
昨年、最愛の妻を亡くした
ショックで重い病に罹っている。

ハンス

クロネリアの元婚約者で
伯爵子息。現在はガーベラと
婚約している。

ガーベラ

クロネリアの異母妹。
強欲な性格で、クロネリアに
対抗意識を燃やす。

ジェシー

ルーベリア国の第一王子。
アークとは同じ宮廷学院に
通う友人。

イラスト／セカイメグル

一、三人目の夫

ルーベリア国、王都。

大通りを黒塗《ぬ》りの小さな街馬車が一台通り過ぎていく。

その馬車に一人で乗っているのは、琥珀《こはく》色の豊かな巻き毛と鳶色《とびいろ》の落ち着いた瞳《ひとみ》を持つ、まだ十八歳の男爵令嬢《だんしゃくれいじょう》クロネリアだった。

クロネリアは馬車の小窓から外を眺《なが》めて、ほうっとため息をつく。

「これが王都なのね。なんて華《はな》やかなのかしら」

大通りには重厚《じゅうこう》な門構えの時計店や、マネキンにドレスを着せたショーウインドウが連なっている。宝石店の前ではシルクハットを被《かぶ》ったコンシェルジュが、煌《きら》びやかなドレスの婦人を丁重《ていちょう》に出迎《でむか》えていた。

その通りを抜《ぬ》けると、露店《ろてん》が並ぶ賑《にぎ》やかな通りに出る。

多くの家族連れが足を止め、楽しげに品物を選んでいる姿が目に付いた。

「世の中にはこんなに豊かで幸せな暮らしをしている人たちがいるのね……」

男爵令嬢のクロネリアも一応貴族の身分ではあるものの、田舎《いなか》に住む没落《ぼつらく》貴族には想像もつかないような世界だった。

社交界も舞踏会《ぶとう》も音楽サロンも遠い世界の夢物語で、クロネリアには縁《えん》のない話だった。

反対側の窓から歓声《かんせい》のような声が聞こえてくる。

何事だろうと外を見ると、たくさんの花で飾《かざ》られた真っ白な屋根なし馬車とすれ違《ちが》うところだった。

沿道で立ち止まった人々が「おめでとう！」と声をかけている。

馬車には真っ白なウエディングドレスを着た女性とタキシード姿の男性が座っていた。

そして幸せそうに沿道からの祝福に手を振《ふ》りながら通り過ぎていく。

ルーベリア国の一般《いっぱん》的な貴族の、結婚《けっこん》の儀式《ぎしき》の一つだ。

「あんな風に……私も結婚できるのだと夢見ていたのに……」

それはすでに叶《かな》わぬ夢だった。なぜなら……。

クロネリアはすでに二人の夫を亡《な》くしている。

そしてこれから三度目の夫の許《もと》に嫁《とつ》ぐ。

しかしそれは他の令嬢《れいじょう》たちの幸せな結婚とはまるで違う。トランク一つ抱《かか》えて、街馬車に乗り、紺《こん》の地味なドレスで、誰《だれ》に祝福されることもなく嫁いでいく。

そんなクロネリアに付けられたあだ名は『看取《みと》り夫人』だった。

これから寝《ね》たきりの老人と三度目の結婚をするため、田舎から出て初めて見る王都にやってきたのだ。

クロネリアの父、ローセンブラート男爵《だんしゃく》は、王都から馬車で二日かかる田舎に小さな領地と屋敷《やしき》を持つ貧乏《びんぼう》貴族だった。

領地を維持《いじ》することも難しい没落貴族たちの間では、昨今、事業を始めて盛り返そうという気運が高まっていた。クロネリアの父も同じく、事業で大成功を収めることを目論《もくろ》んで怪《あや》しげな商売を始めたものの、失敗続きで領地はどんどん目減りしていた。

借金まみれで屋敷すら担保に取られているというのに、夫人を三人も持ち、派手な暮らしはやめられない。すでに破滅《はめつ》が見えている男だった。

しかし、そんな危《あや》うい父に借金先のバリトン伯爵《はくしゃく》から思いがけない申し出があった。

年老いて余命幾《いく》ばくもないと言われていた伯爵は、沈《しず》んでいく人生の最後に若く溌剌《はつらつ》とした女性と結婚して、愛する妻に幸福の中で看取られたいと思ったそうだ。

そして、その妻として白羽の矢が立ったのは、父の代理で見舞《みま》いにきた第三夫人の娘《むすめ》、当時まだ十三歳のクロネリアだったのだ。

クロネリアには当時、同じ田舎に住む許嫁《いいなずけ》の伯爵子息、ハンスがいた。

しかし借金を帳消しにする上、多額の結納金《ゆいのう》を渡《わた》すと言われた父は、二つ返事でクロネリアを嫁がせることに決めてしまったのだ。

そんな始まりから、なぜか二人の夫を看取ることになり、今度は三度目の看取り結婚に向かう運命となって、今ここにいる。

夢も希望も、もはやクロネリアには残っていなかった。

多額の結納金を目当てに、これからも看取り結婚を続ける運命なのだ。

絶望して自暴自棄《じぼうじき》になりかけたクロネリアだったが、幼い頃《ころ》から諦《あきら》めることには慣れていた。いつしか運命を受けとめ、どんな状況《じょうきょう》であっても前向きに生きようと決意した。

「私にできることなどほとんどないけれど、望んでくださる方がいるのなら精一杯《せいいっぱい》お仕えしましょう。夫となる方が少しでも幸福な最期《さいご》を迎《むか》えられるように」

まだ十八だというのに、二人の夫を看取ったせいか達観したようなクロネリアだった。

そして三人目の夫は、なんと王都に住む公爵《こうしゃく》様だという。

田舎の貧乏貴族の娘が一生会うこともないような身分の相手だ。

大喜びの父とは反対に、クロネリアは不安でいっぱいだった。

けれど公爵に嫌《きら》われて離縁《りえん》されたところで、どうということはないと開き直ることにした。父には怒《おこ》られるだろうが、出戻《でもど》って別の看取り結婚をするだけだ。

少女の描《えが》く幸せな未来をすべて奪《うば》われたクロネリアには、もう失うものなどなかった。

「私にできるのは、死にゆく人を静かに看取ることだけ……」

ぽつりと呟《つぶや》いたところで馬車が止まった。

「着きましたよ、お嬢《じょう》さん。こちらがスペンサー公爵邸《こうしゃくてい》です」

馭者《ぎょしゃ》が扉《とびら》を開いてクロネリアに告げた。

「ありがとうございます」

クロネリアは礼を言って賃金を渡すと、去っていく馬車を見送ってから目の前の公爵邸を見上げた。

「これが……公爵様のお屋敷……」

それは想像したこともないような広さの屋敷だった。

大きな門の前には門番が二人立っていて、その奥には木々の広がる森のようなものが見えている。その森に阻《はば》まれて、建物は全然見えなかった。

「あの……。今日お訪ねする約束をしております、クロネリア・ローセンブラートと申します。お取り次ぎ願えますか？」

クロネリアは門番の一人に尋《たず》ねた。

門番は怪訝《けげん》な顔をして、トランク一つでやってきた少女に首を傾《かし》げる。

「クロネリア様？　公爵様にお輿入《こしい》れなさるという？」

「お一人でございますか？　従者や侍女《じじょ》は？　輿入れの荷物は？　ご自分の馬車は？」

二人は驚《おどろ》いたように問いかける。

「あ、いえ。従者などいません。馬車は街馬車に乗ってきたので……」

田舎の貧乏貴族のクロネリアにとっては当たり前のことだが、王都に暮らす公爵邸ではありえないことだったらしい。

門番たちはしばし呆然《ぼうぜん》とした後、門の横に停《と》めていた予備の馬車と、門舎にいた馭者を慌《あわ》てて用意して、クロネリアを乗せてくれた。

「こちらの馬車でお屋敷までお進みください」

「あ、ありがとうございます」

信じられないことに、門から屋敷まで別の馬車で連れて行ってくれるらしい。

実際に乗せられてみて、とても歩ける距離《きょり》ではなかったと分かった。

重いトランクを持って歩いていたら、到着《とうちゃく》は夕方になっていただろう。

実家や今までの看取り相手と比べても、けた違いの大金持ちだった。

森を抜け、広大な庭園と数々の噴水《ふんすい》、数々の彫像《ちょうぞう》を眺めながらようやくたどり着いたのは、城と呼ぶ方がふさわしいような大邸宅《だいていたく》だった。

クロネリアが馬車から降りると、先に連絡《れんらく》がいっていたのか屋敷の入り口に向かって赤い絨毯《じゅうたん》が敷き詰《つ》められ、その両端《りょうはし》にメイドと執事《しつじ》が立ち並んで待っていた。

「ようこそスペンサー公爵邸へ、奥様」

みなが口々に言って頭を下げている。

これまでの結婚ではこんな出迎えを受けたことはなく、すっかり困惑《こんわく》してしまった。

結婚といっても看取り夫人なのだ。

歓迎《かんげい》されるものでもなければ、祝福を受けるような立場でもない。

ウエディングドレスを着ているわけでもなく、クロネリアにとっては一番上等のドレスだが、メイドより地味な紺の普段着《ふだんぎ》ドレスだ。

ずいぶん場違《ばちが》いなところに来てしまったと、クロネリアは恐縮《きょうしゅく》していた。

「私はスペンサー家の執事長、ゴードと申します。荷物はお部屋にお持ちしましょう。謁《えっ》見《けん》の間にご案内致します」

一番奥で出迎えてくれた白髪《しらが》まじりの実直そうな執事長が頭を下げ、若い執事がクロネリアから荷物を受け取る。執事長はぴんと背筋を伸《の》ばして前を歩いていき、クロネリアは慌ててその後ろについていった。

大邸宅の中は、夢の国かと思うほど美麗壮大《びれいそうだい》で、大きなシャンデリアが天井《てんじょう》から下がり、大理石の床《ゆか》と円柱の白が眩《まぶ》しい。

（すごい……。これが公爵という身分の方のお屋敷なのね……）

父から今回の看取り相手は別格だと聞いていたが、それにしても想像以上だった。

吹《ふ》き抜けのエントランスホールから大階段を上り、長い廊下《ろうか》を進んでいく。

廊下には凝《こ》った細工の壁掛《かべか》け燭台《しょくだい》に火が灯《とも》され、左側に大きな両開きのドアが並んでいる。ルーベリア国の屋敷の造りから考えて、廊下の左が大広間で右が控《ひか》えの個室になっているのだろう。クロネリアの実家にも一応あった。

だが小さな両開きのドアが一つだけの実家と違って、この大邸宅の両開きのドアは延々と続いている。どれほど大きな広間なのか、クロネリアには考えもつかない。

その大広間の奥に謁見の間があるらしい。

クロネリアの実家には、そんな仰々《ぎょうぎょう》しい部屋はなかった。

公爵様ともなると、挨拶《あいさつ》一つするのも大変なのだなあと感心する。

前の二つの看取り先は比較的裕福《ひかくてきゆうふく》な伯爵家と侯爵《こうしゃく》家ではあったが、田舎の貴族ということもあってここまで格式高い家ではなかった。

「どうぞ、クロネリア様」

執事長に通された謁見の間には、二人の人物が待っていた。

左右の大きな窓から日が差し込み、壁には肖像《しょうぞう》画が並んでいる。

そして奥の台座に背もたれの高い椅子《いす》が二つ並んでいるが、二人はその前に並んで立っていた。

領民の謁見でもなく、形だけでも公爵夫人となるクロネリアへの対応なのだろう。

一人は背が高く、黒髪《くろかみ》を編んで片側に下ろした二十代前半ほどの男性だった。

冷徹《れいてつ》な目つきのせいか、若いのに近寄りがたいような雰囲気《ふんいき》を持っている。

自分とは別世界の人なのだと思わせる畏怖《いふ》のようなものを感じた。

もう一人は耳にかかる長さの薄茶《うすちゃ》色の髪をした十歳前後の少年だった。

子ども用の騎士《きし》服なのか、襟《えり》の大きな赤のジャケットに半ズボンを穿《は》いて、腰《こし》には子どもサイズのサーベルまで帯剣している。なんとも愛らしい少年だった。

二人とも藍色《あいいろ》のよく似た澄《す》んだ瞳をしていて、隣《となり》の男性はこの愛らしい少年が大人になったらこんな風になるのかなと思わせるような面影《おもかげ》を感じるが……。

「イリス様、クロネリア様をお連れしました」

執事長が告げると、黒髪の男性が低く重厚な声で「うむ。下がってよい」と答えた。

この男性が言葉を発するだけで、ぴりりとした緊張《きんちょう》感が漂《ただよ》う。

これまで会った男性貴族の中で一番美しく、そして一番冷たい印象を受けた。

執事長が慇懃《いんぎん》に頭を下げて部屋を出ていく。

(この方は……公爵様……ではないわよね)

まだ看取りが必要な年でもなく、筋骨逞《きんこつたくま》しくとても健康そうだ。というより怖《こわ》そうだ。

クロネリアは戸惑《とまど》いながらも、二人の前に進み出てドレスをつまみ貴族の挨拶をした。

「お初にお目にかかります。クロネリア・ローセンブラートでございます」

クロネリアが挨拶して顔を上げると、イリスと呼ばれた黒髪の男性が眉間《みけん》に皺《しわ》を寄せた。

「君が……看取り夫人？」

別にそんな風に名乗っているわけではないのだが……。

「はい……。世間では、そのように呼ばれているようです」

クロネリアは恐縮して答えた。

「看取り夫人と聞いていたので、もっと年配の女性かと思っていたが……」

どうやら思った以上に若いクロネリアに驚いたらしい。

父と看取り結婚について契約《けいやく》を取《と》り交《か》わしたはずだが、結納の金額などを決めただけで、クロネリア本人が何歳《なんさい》でどんな容姿かなどはどうでも良かったようだ。

そういう扱《あつか》いにはもう慣れている。

「歳《とし》は十八ですが、すでに二度夫に先立たれ、今回が三度目の結婚になります」

「三度目……」

男性は目を見開いた。そういう好奇《こうき》の目にももう慣れていた。

クロネリアが目線を合わせると、男性は慌ててこほんと咳払《せきばら》いをして告げた。

「ああ、失礼。私はこのスペンサー公爵家の長男イリス。こちらは弟のアークです」

イリスに手で示されたアークは、大きな藍色の目でクロネリアを睨《にら》み上げた。

（睨んでる……）

明らかに敵対心を持った視線だが、それにしても可愛《かわい》い。小さな貴公子のようだ。

ずいぶん歳の離《はな》れたこの兄弟を前にしてはっきり分かるのは、歓迎されている様子がまったくないということだ。

ただし、愛想《あいそ》はないが肖像画から抜け出したように美しく気品のある二人だった。

なるほど公爵家とは人種も別格なのだなと、クロネリアは納得《なっとく》した。

「ところで公爵様のご夫人方はどちらにおいででしょうか。公爵様にお会いする前にご挨拶をしようと思いますが」

ルーベリア国では大抵《たいてい》の貴族が複数の妻を持っている。これほど裕福《ゆうふく》な公爵ならば、ハーレムを作るほど妻がいても不思議ではない。

今までの看取り先でも、クロネリアの他に夫人が何人かいた。

看取り夫人は人生最後の若い妾《めかけ》ぐらいの立場だった。

「いや、父は私たちの母一人としか結婚していない。その母も昨年病で亡くなった」

「さようでございましたか」

前夫二人の夫人方は値踏《ねぶ》みするような目をして新妻となるクロネリアを出迎え、遺産目当ての結婚詐欺《けっこんさぎ》と疑って数々の嫌《いや》がらせをしてきたものだが、今回はその心配はないようだ。

それにしても夫人が一人しかいない貴族は珍《めずら》しい。

貴族はみんな、父のように節操も甲斐性《かいしょう》もなく妻を何人も娶《めと》るものと思っていた。

　そういう部分でも、公爵という身分の別格の品のようなものを感じた。

　イリスは怪しむようにクロネリアを見てから、事務的に告げる。

「先に契約について確認《かくにん》させていただきます。まずローセンブラート男爵にもお話ししましたが、我が父が今回の結婚を望んだわけではありません」

「え？　そうなのですか？」

　クロネリアは初耳だった。

「聞いてないのですか？」

　イリスは怪訝な顔をして、仕方がないというように説明してくれた。

「我が父は昨年母を失ったショックですっかり気力をなくし、それが災《わざわ》いしたのか重い病にかかってしまいました。医師からは余命僅《わず》かと言われています。ですが同じように余命僅かと言われたブラント侯爵があなたを娶って三年も長生きしたと聞いて私が依頼《いらい》したのです」

　ブラント侯爵とは二人目の夫のことだ。その看取りが社交界で話題となって『看取り夫人』などと呼ばれるようになった。だが……。

「私には……余命を延ばすような力はございません」

　勝手に噂《うわさ》が先走りして特別な力があると思われているようだった。

「そのようですね……。あなたを見てそう思いました」

イリスは言って、がっかりしたようにため息をついた。

「ですがあなたのお父上は、娘には余命を延ばす力があるのだとおっしゃった。神のご加護を持つ特別な娘なのだと。妻として娶れば必ずその恩恵《おんけい》を受けるだろうと」

「そんなことを……」

クロネリアは何も聞いていない。

どうしてもと望まれて次の嫁ぎ先が決まったと言われただけだ。

「その話をまるっきり信じた訳ではありませんが……万が一にも可能性があるのなら、私は何でもしようと思ったのです。その家族の気持ちを利用するとは、あなたのお父上はひどいことをなさる」

「す、すみません……」

クロネリアはイリスとアークの憎《にく》しみすら含《ふく》んだ視線を受けて逃《に》げ出したくなった。

父は噂に便乗して、詐欺《さぎ》まがいのことをしていたのだ。

申し訳なくて恥《は》ずかしくて謝ることしかできない。

そんなクロネリアに、突然甲高《とつぜんかんだか》い声が浴びせられた。

「こいつが何を企《たくら》んでいるのか知ってるぞ！」

今まで黙《だま》ってクロネリアを睨んでいたアークが声を上げた。

「ジェシーが言ってた！　看取り夫人というのは死神のことだって。遺産目当てにお父様の命を取りに来た死神女だって！」

「こら、アーク。よしなさい！」

イリスが慌てて弟を窘《たしな》める。

「ジェシー？」

クロネリアの問いにイリスが答えた。

「アークはルーベリア宮廷《きゅうてい》学院に通っているのです。ジェシーは学友の一人です」

「ルーベリア宮廷学院……」

その名前だけは聞いたことがある。

王家が認めた子息と令嬢だけが通える、王宮内にある学校だ。

王家の血筋と重臣の子しか入れないと言われている。

さすがは公爵家だと、改めて思った。

「お前の好き勝手にはさせないからな！　僕がお父様を守るんだ！」

アークはクロネリアを指差し、敵対心たっぷりに言い放った。

「アーク、よさないか！」

イリスが少し強く叱《しか》ると、アークは涙《なみだ》をためてキッと睨み返した。

「兄上はこの女がちょっと若くて美人だから気に入ったんだ！」

「は？　そんな訳がないだろう。何を言っている！」

イリスにとっては思いがけない言いがかりだろう。

クロネリアに対して嫌悪《けんお》すら感じるイリスのどこにも気に入っている様子は窺《うかが》えなかったが、窘められたのがクロネリアを庇《かば》っているように見えたのだろう。

「兄上なんて大嫌《だいきら》いだ！」

「アークっ！　待ちなさい！」

呼び止めるイリスに振り向きもせず、アークはだっと駆《か》け出し部屋を出ていった。

イリスはアークに向かって伸ばした手の行き場所を誤魔化《ごまか》すように、頭を掻《か》いている。

「失礼した、クロネリア。普段《ふだん》はもっと礼儀《れいぎ》正しい子なのだが……」

「お父上を心配しておられるのでしょう。慣れているので大丈夫《だいじょうぶ》です」

クロネリアは少し俯《うつむ》いて淡々《たんたん》と答えた。

「慣れている？」

イリスはちょっと驚いたようにクロネリアを見た。

「はい。看取り夫人を歓迎するご家族などいませんので……」

イリスは少し考えてから肯《うなず》いた。

「なるほど。年のわりに肝《きも》が据《す》わっている。普通《ふつう》の若いご令嬢とは違うようだ」

この公爵子息が知っている良家のご令嬢なら、泣き出すか怒って出ていくかなのだろう。

クロネリアは残念ながら、そんな甘えが許される人生ではなかった。

イリスは少し安心したように話を続ける。

「アークは昨年母を失ったばかりで、父まで余命僅かと聞かされています。あの年頃《としごろ》の子どもには耐《た》えがたいほどの悲しみでしょう。後で叱っておくつもりですが、多少失礼な言動があるかもしれません。すまないが……できれば理解してやって欲しい」

事務的な口ぶりの中に、ふと弟への深い愛情が垣間《かいま》見《み》えたような気がした。

（怖そうな人だと思ったけれど、案外優《やさ》しい人なのかも）

少しほっとして気が緩《ゆる》んだ。

「アーク様を愛していらっしゃるのですね」

しかしクロネリアが言うと、途端《とたん》にイリスは険しい表情になった。

「愛？　そのような甘ったれた感情で言っているように見えましたか？　私は両親に代わってアークを厳しくしつけています。勘違《かんちが》いしてもらっては困る」

「勘違い？　でも……」

さらに問いかけようとしたクロネリアだったが、イリスに恐《おそ》ろしい目で睨まれて慌てて口を閉ざした。

（愛しているなどと、軽はずみに言ってはいけないことだったのかしら……）

何が失言だったのか分からないが、気を悪くさせてしまったようだ。

「し、失礼しました。私の勘違いでございました」

イリスは再びこほんと咳払いをして話を戻《もど》した。

「ところで……アークが遺産目当てなどと言っていたが、公爵家の遺産というのは他人が簡単に受け取れるものではありません」

イリスはクロネリアの反応を窺《うかが》うように話し始めた。

「あなたのお父上にも納得して頂きましたが、あくまで事実婚《こん》という形にするつもりでした。その代わり結納金は……お父上の言い値通り、公爵家の相場と言われる金額の倍を渡しています」

「……」

お金に強欲《ごうよく》な父は、この恐ろしいイリスに結納額を相当ごねたようだ。

何を言ったのだろうか。

イリスはもしかして、クロネリアもグルになって法外な結納金をふっかけてきたと思っているのかもしれない。イリスの冷え切った視線が気まずい。

「このままあなたを帰したところで……結納金は戻ってこないのでしょうね」

イリスは大きなため息をついた。

結納金が返せなければ、父とクロネリアを詐欺で訴《うった》えるつもりなのだろうか。

さすがにそれだけは何とか回避《かいひ》したい。

「す、すみません。余命を延ばすことはできませんが、私にできることは精一杯させていただきます。だからどうかこのままお仕えさせてください」

先が思いやられる始まりだったが、結納金を受け取った以上看取らせてもらうしかない。

「……そうですね。信じた私にも責任がある。ですが父の害となるようなことが少しでも
あれば、すぐに出ていってもらいますので、そのおつもりで」

イリスは冷たく言い放つ。

「は、はい。分かりました」

クロネリアにとっては、こんな冷遇《れいぐう》もいつものことだった。

「とりあえず……父に紹介《しょうかい》しましょう」

こうしてイリスに案内されて、クロネリアは公爵の部屋に向かった。

二、看取り夫人

クロネリアが許嫁《いいなずけ》だった伯爵子息《はくしゃく》のハンスと出会ったのは十二歳の時だった。

近隣《きんりん》で最も裕福《ゆうふく》だと言われているブルーネ伯爵一家をお茶会に招くことができた、と父は大喜びしていた。第一夫人が娘《むすめ》のガーベラを伯爵家嫡男《ちゃくなん》のハンスに見初《みそ》めてもらおうと、父を言いくるめて画策していたのだ。

借金をしてガーベラのために高価なドレスをオーダーし、家中の宝飾品《ほうしょく》を身に着けさせて、礼儀《れいぎ》作法まで特訓してのぞんだお茶会だった。

クロネリアはガーベラより一つ年上だったが、第三夫人の娘であったため立場は弱い。

ブルーネ伯爵の要望で、第三夫人である母とクロネリアもお茶会に出席するように言われたのだが、着古したドレスでいざ行ってみると、第一夫人に「あら、本当に来るなんて図々《ずうずう》しいこと。ローセンブラート家の恥《はじ》になるから隅《すみ》の目立たないところに座ってちょうだい」と言われ、二人とも隅っこに追いやられた。

そうしてガーベラとハンスに二人きりで中庭を散歩させるお膳立《ぜんだ》てまでしたものの、ハンスが選んだのは一言も話していなかったクロネリアだった。

『一目見た時から、あなたに心奪《うば》われてしまいました』

そんな手紙をもらったクロネリアは、戸惑《とまど》いながらも嬉《うれ》しかった。

貧乏《びんぼう》貴族で社交界に華々《はなばな》しくデビューする余裕《よゆう》もなく、貴族との交流もほとんどなかったクロネリアにとっては、金髪《きんぱつ》で青い目をしたハンスは夢の世界に連れて行ってくれる王子様のように思えたのだ。

父は第一夫人の娘ガーベラと、第二夫人の長男の体裁《ていさい》を保つだけで手一杯で、クロネリアのことまで考える余力はなかった。

第三夫人の母は立場も弱いが気も弱く、嫁《とつ》いできた時から先の二人の夫人にずいぶんいじめられてきたそうだ。父に意見することもできなくなっていた。

「旦那《だんな》様はクロネリアを社交界に出すつもりもないのよ。私の娘に生まれたせいでごめんなさいね。あなたはこんなに美しいのに……。私の立場が弱いばかりに……」

母はいつもさめざめと泣きながらクロネリアに謝っていた。

「謝らないで、お母様。私はお母様の娘に生まれて幸せよ」

必死に慰《なぐさ》めるクロネリアだったが、なんとなく自分は貴族令嬢《れいじょう》としての幸せな結婚《けっこん》はできないのだろうと感じていた。まさにそんな時にハンスが見初めてくれたのだ。

『本当に私などで良いのでしょうか？』

不安になりながら返した手紙に、ハンスはすぐに返事をくれた。

『僕には君しか考えられない。両親にももう話しました。ローセンブラート男爵《だんしゃく》にも今頃《いまごろ》話がいっているはずです。あなたを愛しています、クロネリア』

まだ十二歳のクロネリアには夢のような出来事だった。

第一夫人はかんかんになって怒《おこ》り「こっそりハンス様に色目を使っていたのね！　なんて卑《いや》しい子なの！」とクロネリアを鞭打《むちう》ち、ガーベラは「どんな手を使ってハンス様を誘惑《ゆうわく》したの！　この泥棒猫《どろぼうねこ》！」と詰《なじ》って中庭の池に突《つ》き落《お》とした。

しかし父としては、ともかく裕福なブルーネ伯爵と縁《えん》を持てるなら相手の要望に応じる方が得策だったようだ。

珍《めずら》しくクロネリアの肩《かた》をもってくれて、ガーベラ母娘《おやこ》を窘《たしな》めてくれた。

こうしてクロネリアとハンスは許嫁となり、文を交《か》わすだけの交際が始まった。

『中庭にアネモネの白い花が咲《さ》き乱《みだ》れています。ハンス様にも見せてあげたいわ』

『僕の家には真っ赤なアネモネが咲いています。結婚《けっこん》したら庭にたくさんのアネモネを植えよう。楽しみだね、愛《いと》しいクロネリア』

二歳年上のハンスは社交界にも出て様々な付き合いも増えているようだったが、クロネリアへの気持ちは変わらず、華《はな》やかではないけれど穏《おだ》やかな交際を深めていた。

いつか純白のウエディングドレスを着て、白い馬車に二人で乗って沿道からの祝福を受け、教会で結婚式を挙げるのだと、幸せな夢に酔《よ》いしれていた。

しかしそのささやかな夢は、十三歳のある日、突如《とつじょ》として砕《くだ》け散《ち》ることになった。

忙《いそが》しい父に代わって母と共に寝《ね》たきりのバリトン伯爵のお見舞《みま》いに行き、六十ほども歳《とし》の差のある伯爵に見初められたのだ。

余命三か月と言われていたバリトン伯爵は、遺産の心配しかしていない夫人たちに失望していた。そんな時に優《やさ》しい言葉をかけて心配してくれるクロネリアに心奪われたのだ。

半分やけになっていたのだろうが、全財産はたいてもいいから若く溌剌《はつらつ》としたクロネリアと最後の結婚をして、幸福のまま看取《みと》られたいと望んだらしい。

そんな理不尽《りふじん》が通ると思ったのは、父がバリトン伯爵に借金をしていて、屋敷《やしき》を担保にとられていたからだった。父には断る選択肢《せんたくし》などなかった。

だがさすがにクロネリアに申し訳ないと思ったのか、バリトン伯爵は借金の帳消しと共に多額の結納金《ゆいのう》までくれた。

そうして父は大喜びで縁談《えんだん》を決めてしまったのだった。

「お前はバリトン伯爵に嫁ぐのだ。寝たきりの老人の話し相手になるだけでいいのだ。それだけで結納金と、うまくいけば遺産まで手に入るぞ。お前はついている、クロネリア」

「そんな……。私はハンス様との結婚が決まっているのです！」

クロネリアには結納金も遺産もどうでもいい。

ハンスと幸せな家庭を築くことが夢なのだ。

「ブルーネ家に嫁ぐにしても、持参金をたっぷり持っていった方が後々の立場もいいだろう。バリトン伯爵の結納金を持っていけばいい。ほんの三か月ほどの辛抱《しんぼう》だ」

「い、嫌《いや》です！　私はハンス様以外と結婚する気などありません！」

気の弱い母と違《ちが》い、クロネリアはきっぱりと意見した。しかし。

「うるさい！　私に口答えをするな！　娘の結婚は親が決めるものだ。もう決めたのだ！」

父は怒鳴《どな》りつけると、もう話す気はないと部屋を出ていってしまった。

クロネリアはそれから毎日泣き暮らした。

「お父様はひどいわ。私はハンス様と結婚するつもりだったのよ。それなのに……」

気の弱い母はクロネリアを慰めながら謝った。

「ごめんね。ごめんね、クロネリア。私が第三夫人という弱い立場のせいで。あなたにこんな苦労を背負わせてしまって」

母はクロネリア以上に泣きじゃくっていた。

「お母様のせいではないわ。泣かないで、お母様」

結局、母の立場を考えると受け入れるしかなかった。

そんなクロネリアの結婚前夜の部屋を、妹のガーベラが訪ねてきた。

「おめでとう、クロネリア」

ガーベラはお祝いにお気に入りのサファイアのブローチを渡《わた》してくれた。

「これはあなたが一番大事にしていたブローチじゃないの？」

「ええ。だから大好きなクロネリアに渡したかったのよ」

ハンスに見初められてから、ずっと無視されていたのが嘘《うそ》のような言葉だった。

「ハンス様のことでは私も悔《くや》しくて、いろいろ意地悪をしてしまったこともあるけれど、やっぱりあなたは私のお姉様ですもの。今までごめんなさいね」

ガーベラはハンスとのことがある以前から意地悪で、クロネリアは様々な嫌がらせを受けたものだが、まさか自分から謝ってくるなんて思いもしなかった。

思ったほど悪い人ではなかったのかも、と少しだけ思い直した。

考えてみれば、本当は自分がハンスと結婚するつもりでお膳立てまでしてもらったのにクロネリアにとられたのだから、意地悪ぐらいしたくなるだろう。

嫌な人だと思っていた自分も悪かったような気がした。

「ううん。仲直りできて嬉しいわ、ガーベラ。ありがとう」

茶色の髪をいつも高く結《ゆ》い上げているガーベラは、第一夫人によく似た金属の冷たさを感じさせるグレーの目を細めて微笑《ほほえ》んだ。

「心配しなくとも大丈夫《だいじょうぶ》よ、クロネリア。バリトン伯爵は三か月ももたないという噂《うわさ》よ。

がっぽり結納金をもらって看取ったら、さっさと戻《もど》ってくればいいのよ。それから充分《じゅうぶん》な持参金を持ってハンス様に嫁げば喜んでもらえるわ」

ガーベラはなんでもないことのように言った。

「でも……夫を亡《な》くした女性はバツ1と呼ばれるのでしょう？」

誰《だれ》が言い始めたのか、昨今の社交界では未亡人をバツつきなどと呼んでいる。

男性は妻を亡くしてもバツつきとは言われず、複数の夫人を持つことも多いというのに、女性が夫を亡くすとバツがつくのだ。理不尽な話だった。

「大丈夫よ。クロネリアの場合は元々余命宣告を受けている人に嫁ぐのだもの。それにバツ1なら再婚《さいこん》も出来るわ。バツ2になると再婚は難しくなるけれど」

バツ2になると、不吉《ふきつ》な女性だと言われ再々婚は絶望的になるらしい。

夫の死は、なぜか妻のせいのように言われる風潮があるのだ。

昔、夫を次々と毒殺して遺産を手に入れた妖艶《ようえん》な未亡人がいたそうで、どうもそこからバツの多い女性は不吉だと敬遠されるようになったらしいが。

実際には、夫のせいで理不尽な死に方をした妻の方がずっと多いだろうに。

「心配しないで。ハンス様はきっとあなたの事情を分かって待っていてくれるわ。私がちゃんと説明しておいてあげるから」

クロネリアはガーベラのその言葉を信じた。

だからガーベラに頼《たの》んでしまったのだ。

「ガーベラ、どうかこの手紙をハンス様に渡して欲しいの」

ハンスに今回の結婚について弁解する手紙を出そうとしたが、父に見つかり取り上げられてしまった。でもガーベラからなら渡せそうに思えたのだ。

ガーベラはにっこりと微笑み、クロネリアの手紙を大事そうに受け取った。

「任せて、クロネリア。必ずハンス様に渡して、あなたの状況《じょうきょう》を説明してあげるわ。あなたは安心してバリトン伯爵に嫁いで、看取っていらっしゃい。ね、クロネリア」

ガーベラはそんな風に言ってクロネリアを見送った。

クロネリアはその言葉を信じて、心を込《こ》めてバリトン伯爵の世話をした。

そんなクロネリアと過ごす日々から元気を得たのか、バリトン伯爵は周囲の予想に反して、その後二年も長生きした。

予想外に長く嫁ぐことになったが、クロネリア自身もバリトン伯爵の優しさに癒《いや》され、最期《さいご》の看取りでは「私を置いて逝《い》かないでください」と泣きじゃくっていた。

理不尽な結婚ではあったけれど、クロネリアがもらえなかった父のような愛情をバリトン伯爵は与《あた》えてくれたのだ。だから父を失ったように悲しかった。

クロネリアの悲しみの分だけ、バリトン伯爵は幸福な最期を迎《むか》えたのだろう。

そうして戻ってきたクロネリアを待っていたのは、結婚前のクロネリアに贈《おく》ったものよりも大きなサファイアのブローチをつけたガーベラだった。

第一夫人のドレスも新調され、以前より贅沢《ぜいたく》な暮らしぶりを感じさせる。

そして羽振《はぶ》りの良さそうなジャケットを身につけた父は、クロネリアを出迎《でむか》えて信じられないことを言った。

「いやあ、実はバリトン伯爵にもらった結納金で新しい事業を始めたのだ。なに、心配することはない。事業が軌道《きどう》に乗ったらお前には何倍にもして返すから。それまで少し貸しておいてくれ、クロネリア」

クロネリアは信じられなかった。

「な！　その結納金は私がハンス様の許《もと》に嫁ぐための持参金にするはずでは……」

「ああ、そのことだが……」

父は少しだけ気まずそうに切り出した。

「バリトン伯爵はずいぶん長生きをしたものだ。さすがに二年も生きるとは思っていなかった。ハンスも二年は待てなかったようだな」

「どういうことですか？」

「実は傷ついたハンスを慰めるためにガーベラがずいぶんと心を砕いてくれてな。その献《けん》身《しん》的な姿に、ハンスも心が動いてしまったようなのだ。それで……」

「まさか……」

クロネリアは、父の隣《となり》に立つガーベラに視線を向けた。

すぐにガーベラは「わっ」と泣き出した。

「ごめんなさい、お姉様。私はお姉様のためと思ってハンス様を慰めていたのよ。それなのに、ハンス様は私のことが好きになってしまったなんて言い出して」

「そんな……」

「私はお姉様に悪いからとお断りしたのよ。それなのに、ハンス様がどうしても私と結婚したいとおっしゃるものだから。ああ、ごめんなさい、お姉様」

「嘘よ……。ハンス様がそんなことを言うわけがないわ」

クロネリアが蒼白になって反論すると、ガーベラは涙をぬぐい勝《か》ち誇《ほこ》ったように告げた。

「お姉様が信じたくない気持ちは分かるわ。でも、ほら。もう婚約《こんやく》したのよ」

ガーベラはクロネリアの目の前に左手の薬指にはめた大きな婚約指輪を突き出した。

ショックを受けるクロネリアに、父は更《さら》にむごいことを言う。

「ハンスのことは諦《あきら》めてくれ、クロネリア。それよりも、お前にはもっと素晴《すば》らしい縁談の話が来ているのだ。なんと今度は侯爵《こうしゃく》家だ。あの金持ちで有名なブラント侯爵がお前を妻にと申し出てくださったのだ」

さっきまで泣いていたはずのガーベラも、父に同調する。

「そうよ、お姉様。侯爵様に嫁げるだなんて羨《うらや》ましいわ。お姉様は本当に運のいい方だわ。

私も安心してハンス様と結婚できるわ」

その能天気な言葉に、クロネリアは唖然《あぜん》として尋《たず》ねた。

「ブラント侯爵……。その方は確か七十を過ぎたご老人ではないですか？」

ブラント侯爵はお金にがめついことで有名な嫌《きら》われ者の貴族だった。

「そうだ。バリトン伯爵が二年も長生きをして幸せな最期を迎えたという噂を聞いて、病に倒《たお》れた侯爵様がお前をお望みになったのだ。素晴らしい幸運だ。お前はついている」

「……」

嬉しそうに話す父に、クロネリアは言葉を失った。

ハンスと結婚するガーベラと、二度目の看取り夫人となるクロネリア。

同じ父の娘に生まれながら、この境遇《きょうぐう》の差を呪《のろ》いたかった。

傷心のまま部屋に戻ったクロネリアに対して、母は今回も泣きじゃくるばかりだ。

「ごめんね。私が弱いせいで旦那様の言いなりにしかなれなくて。本当はあなたがハンス様と結婚するはずだったのに。ううう。ごめんなさい、クロネリア」

「お母様の……せいではないわ……」

結局クロネリアが拒絶《きょぜつ》したところで、他の道などないのだ。

ハンスはもうガーベラとの結婚を決めてしまっているし、父に逆らえば、母と二人、屋敷を追い出されて路頭に迷うしかない。

クロネリアはブラント侯爵の許に嫁ぐ他なかった。

そして、もうこの人生は詰《つ》んだのだと自暴自棄《じぼうじき》になっているはずなのに、余命幾《いく》ばくもないブラント侯爵を目の前にすると、結局誠心誠意尽《つ》くしてしまうクロネリアだった。

気難しかったブラント侯爵は、献身的なクロネリアに支えられ、三年も長生きをして周囲が驚《おどろ》くほど穏やかな人柄《ひとがら》になって幸福な最期を迎えた。

そうしてクロネリアの看取りは社交界でも噂になり、ついたあだ名が『看取り夫人』だったのだ。

ブラント侯爵を看取ったクロネリアの許には、妻にと望む老人たちの申し出が殺到《さっとう》した。

不吉なバツが二ついても、元々看取りを望む人々にとっては問題ない。

けれど看取りを望まない若い男性からの結婚の申し出は皆無《かいむ》だった。

「そして……今回の公爵《こうしゃく》様を看取ったら、私はバツ３だものね……」

バツ２でも不吉なのに、バツ３なんて。若い男性はそんな不吉な妻など望まないだろう。

クロネリアはこの先も生涯《しょうがい》、看取り続ける人生なのだ。

「ん？　何か言ったか？」

前を歩くイリスが振《ふ》り向《む》いて尋ねた。

「い、いいえ。なんでもありません。ずいぶん広いお屋敷ですね」

謁見《えっけん》の間から迷路《めいろ》のような廊下《ろうか》を歩き、階段も一つ上った。

「父の部屋は庭園と裏庭を見渡《みわた》せる角部屋なので一番奥なのだ。母が気に入っていた部屋だが、寝たきりの父にはせっかくの景色も見ることはできないが……」

そう話している間に、ようやく公爵の部屋に辿《たど》り着《つ》いた。

「父上、入りますよ」

イリスが告げたものの、中から返事はない。

いつものことなのか、イリスはドアを開けてクロネリアを招き入れた。

庭が見渡せる角部屋と聞いたのに、部屋はカーテンを閉め切っていて薄暗《うすぐら》い。

ステンドグラスのはまった細い窓から僅《わず》かに入る光で中の様子が分かるぐらいだ。

部屋はクロネリアの実家の大広間より広く、趣味《しゅみ》のいい家具や調度品が置かれているが、すべてが魂《たましい》を抜《ぬ》かれたかのように暗く沈《しず》んでいるように感じる。

「またこんな暗い部屋で。侍女《じじょ》も追《お》い払《はら》ったのですか？」

イリスはため息をつきながら奥に進み、カーテンの一つを開いた。

日差しに照らされて一気に部屋が息づくように明るくなる。

「勝手にカーテンを開けるな！　眩《まぶ》しいと体力を奪われる気がすると言っているだろう！

それとも私に早く死んで欲しいのか！」

天蓋《てんがい》のついた大きなベッドからしわがれた声が怒鳴った。

「そんなわけがないでしょう？　医師も太陽の光は浴びた方がいいと言っていました。食事も摂《と》らず世話もさせてもらえないと侍女たちから聞いていますよ」

公爵は布団《ふとん》をかぶって顔を背《そむ》けたまま叫《さけ》んだ。

「私のことは放っておいてくれ！　このまま静かに死なせてくれ！」

「またそんなことを……。今日は先日話していましたクロネリア嬢《じょう》をお連れしました。新妻として父上の良き話し相手になってくれるでしょう」

「な！　その話は断っただろう！」

公爵は驚いたように、ようやくこちらに顔を向けた。

歳は五十七歳と聞いていたが、これまで看取った二人よりも年老いて見えた。

病のせいか真っ白な髪《かみ》に、痩《や》せこけた頬《ほお》が痛々しい。

そしてイリスの隣に立つクロネリアと目が合うと、気まずそうに再び背中を向けてしまった。

「愚《おろ》かなことを。若い妻を側に置けば、私が元気になるとでも思ったのか。お前は何も分かっていない。その気の毒なご令嬢をすぐに家に帰してあげなさい」

「そう言わずに、父上。もう結納金も払って嫁いでこられたのですから」

「私はアマンダ以外と結婚するつもりはない」

アマンダというのが昨年亡くなった奥様らしい。

「私のことより、お前こそ早く結婚したらどうなのだ」

驚いたことにイリスはまだ結婚していないらしい。

イリスぐらいの歳なら、すでに妻の二、三人いてもおかしくないはずなのに。

「私のことは心配いりません。忙しくて婚期《こんき》を逃《のが》していますが、今の事業が軌道に乗ればちゃんと結婚しますから」

どうやら新たな事業を始めて結婚する暇《ひま》がなかったようだ。

クロネリアは、事業という言葉に父を連想した。

この品のいい貴公子も、父のように多額の負債《ふさい》を抱《かか》えているのだろうかと窺《うかが》い見る。

事業を起こす人などろくでもない、という先入観がクロネリアにはあった。

「なんだ？」

イリスは自分を見つめるクロネリアの視線に気付いて尋ねた。

「いえ……」

恐《おそ》ろしい目で睨《にら》まれて、クロネリアは慌《あわ》てて視線を落とす。

「イ、イリス様はお仕事が忙しいようですので……どうか後はお任せくださいませ」

イリスは少し考え込んだものの、クロネリアの申し出に応じることにしたようだ。

「うむ。では……申し訳ないが。実はこの後、急な商談で出掛《でか》けなければならない。後のことは執事《しつじ》長のゴードに任せてあるから彼に聞いてくれ」

イリスはこの状態で家を留守にするらしい。

（私が今日輿入《こしい》れすることは分かっていたはずなのに、病床《びょうしょう》の公爵様を来たばかりのよく分からない新妻に預けて、心配ではないのかしら？）

いくら急な商談だからといっても、やはり冷たい人のように感じた。

だがもちろんクロネリアが非難することではない。

「畏《かしこ》まりました」

イリスに合わせるように、クロネリアも事務的に答えた。

「では、父上。私は行きますね。なるべく早く済ませて戻りますので」

「……」

公爵はそっぽを向いたまま、もう答える気はないらしい。

イリスは小さくため息をつくと、クロネリアを残して部屋を出ていった。

イリスが部屋を出ると、公爵はさっきまでと違って穏やかな口調でクロネリアに言った。

「お嬢さん。あなたのような若く美しい女性が、この老いぼれの世話をする必要などない。イリスは良識のある男だと思っていたが、こんな無体なことをするとは。呆《あき》れたやつだ。イリスが何を言ったか知らないが、私が許すから家に帰りなさい」

クロネリアは思慮《しりょぶか》深い鳶色《とびいろ》の瞳で、やせ細った公爵の背を見つめた。

その言葉を五年前、父が、母が、バリトン伯爵が言ってくれたならどれほど嬉しかっただろう。

けれど、もうあれから五年が過ぎて、なにもかも手遅《ておく》れだった。

「家に帰ったとしても、別のご老人の許に嫁ぐことになるだけです。お慈悲《じひ》があるなら、どうかここに置いてくださいませ。侍女の一人と思ってくださって構いませんので」

クロネリアの言葉に公爵は少し驚いたように振り向いて、皺だらけの目を見開いた。

「何か事情があるようだが、私はこの通り話すことも辛《つら》い余命幾《いく》ばくもない老人だ。残りの日々をアマンダの思い出と共に穏やかに過ごしたいだけなのだ。お嬢さんと話すことは何もない。だが……」

公爵は少し言葉を切ってから、クロネリアを思いやるように窺い見て続けた。

「帰る場所がないなら追い出すつもりもない。好きに過ごしなさい」

慈悲深い目でそう告げた後、公爵は疲《つか》れたように眠《ねむ》ってしまった。

しんとした部屋で、クロネリアはほっと息をついた。

（誰にも歓迎《かんげい》はされていないようだけど、とりあえず公爵様は優しそうな方で良かった）

こうして日がな一日、公爵の部屋の窓際《まどぎわ》の椅子《いす》に座って過ごすだけの日々が始まった。

三、奪われた婚約者

「こちらが奥様のお部屋でございます」

執事長《しつじ》のゴードに案内されたのは、公爵《こうしゃく》の部屋に近い、驚《おどろ》くほど広い部屋だった。

大きな窓からは暖かい日差しが入り、テラスに出ると裏庭が見渡《みわた》せる。

裏庭といっても噴水《ふんすい》と薔薇園《ばらえん》もある広々とした大庭園だ。

天蓋《てんがい》のある大きなベッドに豪華《ごうか》なソファセットが置かれ、衣装《いしょう》部屋とメイクルームまで完備されている。隠《かく》れ家《が》のような小部屋もあった。

実家では考えられない広さで、先の二人の看取《みと》り先でもこれほど豪華な部屋は見たことがない。

「お荷物はこれだけですか？」

部屋の真ん中には、クロネリアが持ってきた古びたトランクが置かれていた。

綺麗《きれい》に磨《みが》かれた調度品の中だと余計にみすぼらしく見える。

「お輿入《こしい》れの荷馬車が後から来るのかと思っていましたが……。専属の侍女《じじょ》もいらっしゃらないようで……」

ゴード執事長はあまりに身軽な輿入れに困惑《こんわく》しているようだ。

「正式な結婚《けっこん》ではないので……これだけです」

「ですが……お支度《したく》に必要な結納《ゆいのう》金は充分《じゅうぶん》過ぎるほどお渡《わた》ししていたのに……」

家を取り仕切る執事長は、おそらく結納金の額も知っているのだろう。

結納金とは、本来結婚の支度に使うために渡されるお金のことだったはずだ。

あれだけもらっていながらこの荷物はないだろう、という表情だった。

正式な結婚でなくとも取り仕切った執事長としては結納金を出し渋《しぶ》ったのかと疑われ、世間体《せけんてい》が悪いらしい。クロネリアは申し訳なさに恐縮《きょうしゅく》した。

「急な輿入れでしたので……すみません」

「まあ……そうですね。急なことでしたので……。では、何か御用《ごよう》がございましたら外のメイドや執事にお言いつけください」

執事長は渋々納得《しぶしぶなっとく》して部屋を出ていった。

クロネリアはほっとして床《ゆか》に置かれたトランクを開く。

結納金はすべて母に預けてきた。

一人目のバリトン伯爵《はくしゃく》に続き、ブラント侯爵《こうしゃく》の結納金も勝手に父と第一夫人たちに使われてしまった。だから今回はクロネリアが預かると言って引かなかった。

父は渋々クロネリアに結納金を渡してくれたが、どうもイリスが言っていたような額ではない。男爵令嬢《だんしゃくれいじょう》が普通《ふつう》にもらえるほどの金額だった。

おそらくもらった結納金の一部だけをクロネリアに渡したのだろう。

お金に汚《きたな》い父のやりそうなことだ。

それでもすべてを奪《うば》われていた今まではいい。

母にそのお金で少しだけでも豊かな暮らしをさせてあげられるなら。

「着替《きが》えの衣装《いしょう》を掛《か》けておかなくちゃね」

クロネリアはトランクの中から古びたドレスを二着出して、衣装部屋に入った。

大きな鏡のある広い衣装部屋にクロネリアのドレスを掛けると、やけに貧相《ひんそう》に見えた。

この大邸宅《だいていたく》では、なにもかもが場違《ばちが》いで、クロネリアとその所持品だけが浮《う》いている。

「結納金で一着だけでもドレスを新調すれば良かったわ」

今着ているドレスが一番ましだけれど、それにしても見劣《みおと》りする。

いや、本来なら父がそれぐらい準備しておくべきだったのに。

ブラント侯爵を看取って実家に戻《もど》ると、第一夫人と第二夫人は真新しいドレスを着ているというのに、第三夫人の母だけが着古したドレスを着ていた。

家の中には贅沢《ぜいたく》な調度品がまた増えていて、メイドの数も増えている。それなのに母だけが専属の侍女もつかず相変わらずの暮らしのようだった。

いつだってそうだ。

昔から母とクロネリアだけがローセンブラート家で冷遇《れいぐう》されてきた。

母は昔、社交界でも噂《うわさ》になるほど美しい令嬢だったらしい。

その母を見初《みそ》めた父が半ば強引《ごういん》に妻にしたというのに、優《やさ》しかったのは最初の一年ほどだけだったそうだ。若く美しい母は、第一夫人と第二夫人に煙《けむ》たがられ、徒党を組んでひどい嫌《いや》がらせを繰《く》り返《かえ》し受けてきたと聞いている。

ドレスを破かれたり、食事に虫を入れられたりするのは序の口で、時には第一夫人の宝《ほう》飾《しょく》品を盗《ぬす》んだ嫌疑《けんぎ》をかけられ、顔は美しいが嘘《うそ》つきで陰気《いんき》な女性だとあらぬ噂を流された。

屋敷《やしき》のメイドたちも第一夫人が恐《おそ》ろしくて、母を庇《かば》う者は誰《だれ》もいなかったそうだ。

全員敵のような屋敷の中ですっかり心を病《や》んだ母は、やせ細り唯一《ゆいいつ》の武器の美しささえ失い、父に見向きもされなくなったのだ。

そんな母の唯一の希望が、結婚してすぐに生まれたクロネリアだった。

クロネリアは、第一夫人たちの思惑《おもわく》のままに暗く陰気に自ら変貌《へんぼう》していくような母を励《はげ》まし、前向きな言葉をかけ続けて過ごしてきた。

母の鬱屈《うっくつ》した思いを根気強く吐《は》き出させ、深い共感とともに励ましの言葉をかける。

小さな幸福とささやかな希望を見つけては、母を勇気づけ幸せな想像を膨《ふく》らませた。

そんなクロネリアだったから余命僅《わず》かな老人たちも勇気づけることができたのかもしれ

ない。クロネリアが鳶色《とびいろ》の瞳《ひとみ》で静かに見つめると、老人たちはこれまで誰にも言えなかった苦しい気持ちを吐露《とろ》できるようだった。

孤独《こどく》な母によって培《つちか》われた皮肉な才能だった。

そんなローセンブラート家で一番関わりがあったのが第一夫人の娘《むすめ》のガーベラだ。

ガーベラは、幼少時から一つ年上のクロネリアが持っている物を何でも欲《ほ》しがる子どもだった。ドレスも宝石も、元々自分の方が高い物を買ってもらっているはずなのに、クロネリアの物を欲しがった。もらえなければ意地悪をされたと第一夫人に泣きついて、いつもクロネリアが叱《しか》られ、時には折檻《せっかん》されたこともある。

クロネリアが反論しても、育て方が悪いのだと母が責められることになり、結局すべてガーベラに取り上げられる。

そんな日々の連続だった。

「でも……まさかハンス様まで取り上げるなんて……」

あれほどクロネリアを愛していると言ってくれたハンスが、まさかガーベラを好きになるとは思わなかった。

ハンスにはバリトン伯爵に嫁《とつ》ぐ前に手紙を書いてガーベラに渡してもらった。

『父に命令されバリトン伯爵を看取るために結婚することになりました。けれど私は今もあなた一人を愛しています、ハンス様』

しかしその手紙に返事が来ることはなかった。

そしてガーベラとの婚約が信じられなくて、バリトン伯爵を看取った後にも、ハンスに手紙を送ったことがある。

『バリトン伯爵には二年も嫁ぐことになってしまいましたが、父のようにお慕《した》いしていただけです。私は今もハンス様を愛しています』

けれどその後受け取ったハンスの返事はひどく冷たいものだった。

『僕を裏切っておいて、よくもそんなことが言えますね。あなたは嘘つきの悪女だ。僕はもう騙《だま》されません。あなたよりガーベラの方がずっと素晴《すば》らしい女性だと気付きました。もう僕の前に二度と現れないでください』

クロネリアは絶望と共に泣《な》き崩《くず》れた。

バツ1になったクロネリアをハンスは許してなどくれなかった。

普通に考えれば当然だった。まだ若いクロネリアは、父やガーベラの言葉を真に受けて、まだハンスと結婚する未来があると信じていたけれど、そんなわけがなかった。

十八になって、様々な現実を目の当《ま》たりにしてきた今なら分かる。

「私はまだまだ子どもで……バツがつくことの意味を分かっていなかった」

バツが一ついた段階で貴族の第一夫人になることなどありえないのだ。

バツが二つつけば第三夫人も無理だろう。

バツが三つつけば……。

「ふふ……。もう看取り夫人にしかなれないわね」

クロネリアは看取り夫人に与《あた》えられた豪華な部屋を見回し自嘲《じちょう》した。

けれどこうして看取り夫人としてでも望んでくれる相手がいるのなら、まだましなのかもしれない。そうして結納金を少しずつでも貯《た》めて母と二人で暮らせたら。

今のクロネリアにはそれが一番の夢だった。そのために……。

「心を閉ざしていらっしゃる公爵様にも、できることがあると信じて頑張ろう！」

暗く沈《しず》みそうになる気持ちに、自分で活《かつ》を入れた。

クロネリアは今回の看取りも前向きに誠意をもって務めるつもりだ。

その時、カチャリとドアが開いた。

「？」

ノックもなしに誰だろうと見ると、アークだった。

小さな頭がひょっこりと覗《のぞ》く。

（まあ、可愛《かわい》い……）

遠慮《えんりょ》がちに覗く仕草が微笑《ほほえ》ましい。

「アーク様。何か御用ですか？」

クロネリアが声をかけると、アークはおずおずと部屋の中に入ってきた。

両手を背中に隠して何か持っているようだ。

「さっきはひどいことを言ってごめんなさい。兄上に謝っておきなさいと言われたから」

しょんぼりと進み出るアークが愛らしい。

さっきは反抗的《はんこう》な目で睨《にら》んでいたけれど、こうして素直《すなお》になると天使のような少年だ。

「そうだったの。もういいのよ。気にしていないわ」

「お詫《わ》びにこれをあげようと思って……」

「え？」

アークは言うなり、背中に隠し持っていたコップの色水をばしゃりとクロネリアに浴びせた。

「きゃっ！」

色水は見事にクロネリアに命中して、髪《かみ》からドレスまでびしょぬれになった。

しかもそれは赤い色水で、ドレスの白い襟《えり》がピンクに染まってしまった。

「へへーん！　いい気味だ、死神女め！」

「アーク様……」

こんなことは実家でもよくあった。

ガーベラには子どもの頃《ころ》からもっと陰湿《いんしつ》な意地悪をされてきた。

ガーベラは罪をなすりつけるような、救いのない嫌がらせをする人だった。

この程度のいたずらなど可愛いものだ。気にしない。

思ったよりも落ち着いているクロネリアを見て、アークは少し怯《ひる》んだ顔になった。

「こ、こんなのはまだ軽い方だからな。お前が出て行かないならもっとひどい意地悪をしてやるぞ！　庭にいる大芋虫《いもむし》を捕《つか》まえてきてベッドの中に入れてやるからな。すごく大きいんだぞ！」

脅《おど》し文句のつもりらしいが、クロネリアには大したことではない。

「大芋虫なら実家の田舎《いなか》にはたくさんいました。私は全然大丈夫《だいじょうぶ》です」

「！」

わざと平気なふりをして言うと、アークは信じられないというような顔をしてたじろいだ。

「い、芋虫が平気なんて、やっぱりお前は死神女だな！　正体を摑《つか》んだぞ！　僕は絶対負けないからな！　お前をなんとしても追い出してやる！　泣いても知らないぞ！　僕は慰《なぐさ》めたりしないぞ。女の子を泣かせたって全然平気なんだからな！」

可愛い捨《す》て台詞《ぜりふ》を吐いて、アークは部屋を飛び出していった。

こんなことには慣れている。怒《おこ》る気にはならなかったけれど……。

（そんなに嫌《きら》われてしまっているのね……）

慣れてはいても、気持ちは沈みそうになる。

残されたクロネリアはびしょぬれで床も水浸しだった。

「メイドを呼んで拭《ふ》いてもらうべきかしら？　ううん。これぐらいなら自分で片づけられるわね。それよりも……」

汚《よご》れたドレスの方が問題だった。

「紺《こん》の布地の部分は目立たないけれど、白い襟の汚れは誤魔化《ごまか》せないわね」

他に持ってきた、更《さら》に貧相なドレスに着替《きが》えるしかない。

このドレスも染《し》み抜《ぬ》きをしないと着ることはできそうにない。

「困ったわ……」

こうして、戸惑《とまど》いの中で一日目は終わった。

四、心を開く公爵

翌日、クロネリアは古臭《ふるくさ》いデザインの緑のドレスで公爵《こうしゃく》の部屋を訪ねた。

数年前、くすんだ緑が気に入らないとガーベラが下げ渡《わた》してきたドレスだ。

「おはようございます。公爵様」

「……」

ベッドから返事はない。

「少しだけカーテンを開けさせて頂きますね」

窓際《まどぎわ》に置かれた椅子《いす》の横に掛《か》かったカーテンだけを半分ほど開く。

その窓からは椅子に腰《こし》かけたままで来客の馬車の停留場と、その先に広がる大庭園がよく見える。

クロネリアはここで外の景色を眺《なが》めながら長い一日を過ごすことにした。

時々専属の侍女《じじょ》や雑用をするメイドがやってきて公爵の世話をしているようだが、食事はほとんど手をつけていないようだった。

(食事を摂《と》らなければ衰弱《すいじゃく》するばかりなのに……)

ゴード執事長《しつじ》に少しだけでも食べて欲しいと懇願《こんがん》されて、渋々《しぶしぶ》食べるぐらいだ。

(なんとかもっと食事を召《め》し上《あ》がっていただけないかしら)

クロネリアは侍女に「手伝いましょうか?」と声をかけた。

食事の介助《かいじょ》は亡き夫二人で慣れている。介助することできっと会話も生まれる。

しかし侍女たちはぎょっとした顔をして「これは我々の仕事ですので結構です」と断った。

そして昨日より貧相《ひんそう》なクロネリアのドレスをちらりと見て、胡散臭《うさんくさ》そうに目を細める。

突然《とつぜん》やってきた場違《ばちが》いで貧相な夫人を、みんな怪《あや》しんでいるようだった。

何か手伝おうとしてもすべて断られ、公爵に近付くこともできない。

(困ったわ。これでは何もできないわ)

仕方なくしんとした窓際に座っていると、外を歩くメイドたちの噂話《うわさばなし》が耳に届いた。

「見た? 奥様のあのドレス。いったいいつの時代のドレスかしら?」

「メイドの私でも、もう少しましなドレスを持っているわ」

「あの人、結納金《ゆいのう》として法外な金額を請求《せいきゅう》してきたって話よ」

「そのお金はどうしたのかしら? お金目当ての結婚詐欺《けっこんさぎ》? いえ、看取《みと》り詐欺?」

洗濯籠《せんたくかご》を抱《かか》えた下働きのメイドたちが窓の下に見えた。

「やっぱりアーク様の言っていた話は本当みたいね」

「私も『看取り夫人』の噂は聞いたことがあるわ。彼女が嫁《とつ》いでくると、すぐにその屋敷《やしき》の主人が亡《な》くなるのですって」

「そういえば食事の介助をやたらに申し出てくるのよ。おかしいでしょう？」

「まあ！　では毒を盛るつもりで？　なんて恐《おそ》ろしい方なの」

「絶対に介助などさせてはだめよ！　公爵様に近付けないようアーク様に頼《たの》まれているの」

（そういうことだったのね）

侍女やメイドがよそよそしい理由が分かった。

「イリス様はなんだってあのような方を連れていらしたのかしら」

「死神女に騙《だま》されているってアーク様はおっしゃっているけど」

「それとも……イリス様は早く公爵様に亡くなって欲しいのかしら」

「アマンダ様が亡くなってから、お二人は不仲だという話だものね」

クロネリアはちらりと公爵のベッドを見てほっとする。

窓際で微《かす》かに聞こえる噂話は、公爵のベッドまでは届いていないようでよかった。

それにしても噂によると、どうやらイリスと公爵は仲が悪いらしい。

（イリス様は公爵様に長生きして欲しいと思っておられるようだったけれど違《ちが》うのかしら）

そういえばこの穏《おだ》やかそうな公爵が、イリスに対する言葉だけ辛辣《しんらつ》だったように思う。

「では新しい奥様は公爵様を殺しにきたの？」

「そうに違いないわ。できるだけ関わらないでおきましょう」

クロネリアは小さくため息をついた。

(ずいぶんいろいろに噂されているのね)

どちらかというと、前の夫たちは告げられた余命よりも長生きしているのだが、看取り夫人として嫁いでいるのだから、普通《ふつう》の結婚《けっこん》より夫がすぐに亡くなるのは間違《まちが》いない。

それが死神と言われるのならそういうことになるのだろう。そしてこのままでは何もできないままに、本当に命を取りにきただけの死神になってしまう。

(何か方法を考えなくては。公爵様の側に近付かなくても打ち解けられる方法を)

クロネリアは公爵のために自分ができることをひたすら考えて過ごした。


夕方になると宮廷《きゅうてい》学院から戻《もど》ったアークが部屋に駆《か》け込んできた。

「お父様！　大丈夫《だいじょうぶ》？　死神女に殺されなかった？」

すっかり死神女というあだ名になってしまっている。

アークがベッドの側に来ると、公爵は初めて口を開いた。

「アークか……。私は大丈夫だ。心配をかけてすまないな……」

弱々しい声で告げて、骨と皮だけの手を伸《の》ばしアークの頭を撫《な》でている。

公爵はイリスとは不仲のようだが、アークのことは可愛《かわい》がっているようだ。

「お父様。僕が守るからね」

そう言って窓際に座るクロネリアをきっと睨《にら》みつけた。

「アーク。ご婦人にそんな言い方をするものではない。もちろん私も彼女に帰る場所があるなら、そうして欲しいが……。無理に追い出すつもりもない。彼女が死神だというなら、それで命を取られてもいいのだよ」

「お父様。そんなことを言わないでよ！　僕を置いていかないで」

「生きていても私はこの通り体を動かすこともできない。お前にもイリスにも迷惑《めいわく》をかけるだけなのだ。だからもういいだろう」

「嫌《いや》だよ、お父様」

さめざめと泣くアークを気の毒に思う。

イリスが言うように、この歳《とし》で母親に続いて父親まで亡くそうとしているのだ。

クロネリアには悲しむほどの父との思い出などないが、看取った二人の夫のことは父のように慕《した》っていた。失う悲しさは誰《だれ》より分かるつもりだ。

せめて満たされた思いで家族と残された日々を過ごして欲しいと願う。

そんな風に見守るクロネリアの視線に気付いたのか、アークがつかつかとこちらに向かってやってきた。

「そこはお母様が座っていた場所だ！　勝手に座るなよ！」

クロネリアは、はっと立ち上がった。

「ごめんなさい」

アークはクロネリアの古びた緑のドレスと、一部を簡単に結《ゆ》わえただけの手入れされていない巻き毛に目をやって、さらに嫌悪《けんお》を込《こ》める。

「お母様はいつも綺麗《きれい》に着飾《きかざ》って、とても美しくて優《やさ》しい方だった。大違いなんだよ！　お前なんかがお母様の代わりになれるわけがない！」

「……はい」

そうなのだろうとクロネリアも思う。

きっとここに座っていたアマンダという女性は、夫にも息子《むすこ》にも愛され、屋敷中の人たちに慕われた、美しく、かけがえのない人だったのだろう。

どこにも居場所のないクロネリアとは全然違う人種なのだ。

クロネリアには一生手に入らないすべてを持っていた人。

きっと愛に包まれた温かな笑顔《えがお》で微笑《ほほえ》む人だったのだろうと思う。

「僕はお父様と話しているんだ！　出ていけよ！　邪魔《じゃま》だよ」

「……分かりました」

クロネリアは頭を下げて部屋を出た。

言われるままに素直《すなお》に部屋を出ていったクロネリアを見て、アークは少し気まずい表情で父の枕元《まくらもと》に戻ってきた。

「ふん！　追い出してやったよ。これで大丈夫だからね、お父様」

しかし公爵は困った顔でアークの手をそっと握《にぎ》りしめた。

「私のためと思って彼女に意地悪をするならやめなさい。あの人にも何か事情があるのだろう。好きでこんな余命僅《わず》かな老人に嫁いでくるはずがない。気の毒な人かもしれない」

「違うよ！　あの女は公爵家をのっとるつもりなんだよ」

アークは少し不満げに口を尖《とが》らせた。

「でも大丈夫だよ。僕が追い出してやるから。お父様は何も心配しないで」

「アーク……」

公爵はまだ何か言おうとしたが、疲《つか》れたように目を閉じ、そのまま眠《ねむ》ってしまった。


部屋を追い出されたクロネリアは、とぼとぼと裏庭を歩いていた。

「公爵様に近付けないばかりか、部屋を追い出されてしまったわ……」

前夫二人の家では家族には冷たくされたものの、夫の側にいることだけは本人の希望もあって邪魔されることはなかった。

けれど今回は、公爵本人がクロネリアを望んでいないのだからどうしようもない。

だがこのまま何もできずに看取るだけの日々は虚《むな》しい。それに。

「アーク様……。大好きなお母様を失い、お父様まで余命僅かなどと言われて、どれほどの不安と孤独《こどく》を感じていらっしゃるのだろう……」

クロネリアには、アークの不安と孤独が分かるような気がしていた。

幼い頃《ころ》から屋敷の中で頼《たよ》る人は母しかなく、その母すらも心を病《や》み泣いてばかりで、いつか自ら命を絶ってしまうのではないかという不安を常に感じていた。

母を失えば独りぼっちになってしまうという恐怖《きょうふ》が、常にクロネリアの心にあったのだ。

アークもまた、父を失えば心の拠《よ》り所《どころ》がなくなるという恐怖を常に感じているのではないだろうか。

だから、公爵の死を連想させる看取り夫人を追い出そうと必死なのだろう。

アークに幼い日の自分を重ねてしまう。

母を失わないために必死に励《はげ》まして寄《よ》り添《そ》おうとしたクロネリアと、父を失わないために不吉《ふきつ》な看取り夫人を追い出そうとするアーク。

表現の仕方が違うだけで、同じ不安と恐怖を抱えているように思えた。

「でもこれほど嫌《きら》われてしまってはどうにもできないわね」

ひどい暴言を吐《は》かれても意地悪をされても、怒《おこ》る気持ちにはなれない。

むしろ何か励ましてあげたいと思うのだけれど、それも余計に反感を買うのだろう。

沈《しず》んだ心で歩いていたクロネリアは裏庭の角を曲がり、目の前の光景に驚《おどろ》いた。

「これは……」

そこには色とりどりのアネモネが花びらを揺《ゆ》らして咲《さ》き誇《ほこ》っていた。

「すごい！　こんなにたくさんの色のアネモネは初めて見たわ」

レンガで区切られた花壇《かだん》には、様々な色のアネモネが咲いていて、花壇ごとに色合いが違う。そんな二段に連なった花壇がどこまでも続いている。

「ここはまだ蕾《つぼみ》だわ。こっちはまだ芽が出たところね。少しずつ種まきの時期をずらして長い期間花が見られるようにしてあるのだわ」

その心配りに、アネモネに対する深い愛情を感じた。

そうしてどこまでも続くように思えた花壇だったが、突然終わってしまった。

最後の花壇はレンガで区切ってあるものの、何も植えていないようだ。

「これから植えようとしているのかしら」

クロネリアは再び踵《きびす》を返《かえ》して、一つ手前の花壇の前にしゃがみ込んで眺めた。

「この花壇は赤いアネモネばかりなのね」

そっと花びらに触《ふ》れてみる。

(ふふ。きれい……)

情熱的な赤い花が元気をくれるような気がして笑《え》みがこぼれた。

「散歩か?」

ふいに声をかけられてクロネリアが顔を上げると、イリスが執事を連れて立っていた。

「あ、はい。あまりに綺麗に咲いているので見入ってしまいました」

クロネリアは慌《あわ》てて立ち上がり、膨《ふく》らみのないドレスをつまんでイリスに挨拶《あいさつ》をした。

イリスがクロネリアの貧相なドレスを怪しむように見ている。

クロネリアは公爵邸《こうしゃくてい》に場違いなドレスが恥《は》ずかしくて俯《うつむ》いた。

「父上の様子はどうだ? 何か話したか?」

「いえ……。お側《そば》に近付くこともできず……。すみません……」

クロネリアが謝ると、イリスは小さくため息をついた。

「そんなことだろうと思った。別に君に期待などしていないから謝らなくていい」

「はい、すみませ……、あ、いえ……ごめんなさい」

クロネリアは結局しょんぼりと謝った。

イリスはそんなクロネリアを見つめ、こほんと咳払《せきばら》いして告げる。

「まあいい。部屋に花を飾《かざ》りたいなら庭師に言って摘《つ》んでもらえばいい」

「え？」

クロネリアははっと顔を上げ、目を輝《かがや》かせる。

「いいのですか？」

あまりにクロネリアが嬉《うれ》しそうに尋《たず》ねたので、イリスは少し戸惑《とまど》うように答えた。

「……ああ。私の許可をもらったと言えば快く分けてくれるだろう」

「ありがとうございます！」

クロネリアが元気よく礼を言うと、イリスはまたこほんと咳払いをして冷たく答える。

「別に礼を言われるほどのことではない」

そんなイリスに、クロネリアは気になっていたことを尋ねた。

「あの、イリス様、少しお伺《うかが》いしてもよろしいでしょうか？」

「なんだ？」

「この花壇がよく見える、こちらの大きなガラス張りのお部屋はどなたのお部屋でしょうか？」

イリスはクロネリアが手で示す、レースのドレープカーテンがかかった窓に目をやった。

「ああ。ここは少人数で過ごすサロンになっている。と言っても、元気だった頃の父上が気に入って、仕事の合間に寛《くつろ》ぐ部屋になっていた」

「そうだったのですね……」

クロネリアは納得《なっとく》したように肯《うなず》いた。

「この部屋がどうかしたのか？」

「いえ……。なんでもありません。ありがとうございます」

笑顔で礼を言うクロネリアに、イリスは首を傾《かし》げながらも執事と共に去っていった。

そうしてクロネリアは呟《つぶや》いた。

「そういうことだったのね……」


公爵が目覚めた時、もうアークは部屋にはいなかった。

そして部屋に懐《なつ》かしい香りが漂《ただよ》っていた。

そっと振《ふ》り向《む》くと、ベッドの側の花瓶《かびん》に色とりどりのアネモネが活《い》けてある。

アマンダが生きていた頃、よく摘んできて飾っていた花だ。

そして出窓に向かって立ったまま頬杖《ほおづえ》をついて外を眺めている後ろ姿が目に入った。

アマンダは出窓からの景色が気に入っていて、よく同じ恰好で外を眺めていた。

「アマンダ……」

女性が振り向き、すぐにアマンダではなく、看取り夫人と呼ばれる少女だと気付いて肩《かた》を落とした。

彼女はそんな公爵に気付いたのか、ベッドから離《はな》れた窓際に立ったまま話し始めた。

「ここから見える庭園の花も素敵《すてき》ですね。奥の庭園にも可愛い花がたくさん咲いていました。あまりに綺麗だから庭師の方に頼んで少し分けてもらってきました」

「……」

クロネリアの言葉に公爵は無言で返した。

さっきアークがひどい言い方をしたことを謝るべきかと思ったが、クロネリアはそのことには何も触れなかった。穏やかに落ち着いている。

そんなクロネリアの醸《かも》しだす空気が、アマンダに似ているのだと気付いた。

そしてクロネリアは無言の公爵に構わず続ける。

「あんなに様々な色のアネモネは初めて見ました。きっと大事に育てていらっしゃるのでしょうね。愛情を受けて育った花たちのぬくもりを感じます」

「……」

やっぱり公爵は何も答えない。

けれどクロネリアは独り言のように話し続けた。

他愛もない話だ。

窓から見える空、鳥たち、来客の馬車、庭師の働きぶり。

どうでもいい話を、公爵は延々と子守歌《こもり》のように聞いて過ごした。

クロネリアの穏やかな声色《こわいろ》は不思議に心地《ここち》よく、時々眠りながら、時々天井《てんじょう》を眺めながら、聞いて過ごす時間は悪くなかった。

日が暮れると、クロネリアは無言のままの公爵に退室の挨拶をして部屋を出ていく。

こうしてアークに悪態をつかれ、メイドたちの陰口《かげぐち》はどんどん尾《お》ひれがついて広まり、執事長はよそよそしいままに三日が過ぎていた。

公爵の部屋では、いつものように出窓に頬杖をついて、クロネリアが今日も話し続ける。

「今日はいいお天気ですわ。鳥が飛んでいます。あれはなんという鳥かしら。しっぽが白いわ。あら、馬車が厩舎《きゅうしゃ》から出てきました。アーク様が宮廷学院に出掛《でか》けられるようですわ。金ボタンの赤のジャケットと半ズボンは……学院の制服かしら。よく似合っていらっしゃいます。見送りのメイドたちに手を振って行ってしまわれましたわ」

公爵は今日も聞いているのかいないのか、クロネリアに背を向けたまま無言だった。

しかし構わずクロネリアはとりとめもなく話し続ける。

　そしてふと、ここから外の景色を眺めていたアマンダを想像してみる。

　明日がどうなるかも分からない看取り夫人の自分と違って、愛する夫と息子二人に囲まれて、きっと満たされた日々だったのだろう。

　どんな風に毎日を過ごしていたのだろう、と夢物語のように思いを馳《は》せる。

「あ、ここにも白いアネモネが咲いていますわ。気付かなかったわ」

　この窓から一番よく見える小さな花壇にも白いアネモネが咲いていた。

「私の実家の庭にも白いアネモネがたくさん咲いていました」

　そして幸せな未来を思《おも》い描《えが》いていた十三歳の日々を思い出した。

「最初の結婚の前、私には文を交《か》わす方がいました。その方と結婚したら庭にアネモネを植えようと約束しました。今となっては永遠に叶《かな》わぬ夢となってしまいましたが」

　しんみりと告げるクロネリアに、初めて公爵から返事が戻ってきた。

「そのアネモネは……アマンダが嫁入《よめい》りに連れてきた……。白いアネモネが好きだと言って、自分で花壇に植えていた……」

　公爵は懐かしむように呟いた。

「アマンダ様が……。実はこの三日、少し気になることがあってアネモネの花言葉を調べていたのです。白いアネモネの花言葉をご存じですか？」

　クロネリアが尋ねた。

「花言葉か……。さあ、知らないな」

「『真実』『期待』『希望』です。きっとアマンダ様はそんな気持ちで嫁いで来られたのでしょうね」

「そうなのか……。アマンダとそんな話はしなかった……。私は毎日忙《いそが》しくて、晩年はゆっくり話を聞いてやることさえしなかった。病で体調が悪くなっていることに気付いてやることもできなかった。失って初めて、アマンダがどれほど大切な存在だったか気付いたのだ。もっと早く気付いていれば……」

公爵は後悔《こうかい》を呑《の》み込むように言葉を途切《とぎ》れさせた。

「アマンダ様は……公爵様のお心を分かっていらっしゃったのではないでしょうか。手入れの行き届いたアネモネの花壇を見れば、分かるような気がします」

そうしてクロネリアは公爵に尋ねた。

「もしかして、アマンダ様と連れ添ったのは二十五年だったのではありませんか？」

「二十五年……。そうだな。昨年亡くなったが、その半年前に銀婚式《ぎんこんしき》で銀食器を贈《おく》った。それがどうかしたのか」

「一階のサロンから見える奥庭にアネモネの花壇があるのをご存じですか？」

公爵は少し考えて、元気な頃を懐かしむように肯いた。

「ああ。そういえば色とりどりに咲いている花壇があったな」

「花壇の数は二十五ありました」

「二十五……？　まさか……」

公爵はすぐに気付いて瞠目《どうもく》した。

「はい。おそらくアマンダ様は公爵様との年月を数えるように、毎年花壇を増やしていたのでしょう。少しずつ植える時期を変えて、なるべく長い期間花が咲き続けるように」

「そんなこと……私は知らなかった」

「伝える必要などなかったのです。ただ、公爵様がお気に入りのサロンから花壇を見て、疲れたお心が少しでも癒《いや》されればと願っていらっしゃったのでしょう」

公爵は今さら気付いたように肯いた。

「そうだ。私はあのサロンで庭を眺めながら過ごす時間が好きだった。どれほど疲れていても、あの部屋で庭を眺めていれば元気になるような気がした」

「それだけでアマンダ様は充分《じゅうぶん》だったのです」

しかし公爵は首を振る。

「私は……そんなアマンダの心遣《こころづか》いにも気付いてやれなかった。……なんと愚《おろ》かな」

公爵は両手で顔を覆《おお》って呻《うめ》いた。

「アマンダは何も気付かない冷たい夫を恨《うら》んでいたことだろう。なんということだ……」

しかしクロネリアは答えた。

「いいえ。恨んでなどいません。なぜなら、最後に植えたアネモネは赤一色だったのです」

「赤？　それは……どういう意味だ……」

公爵はクロネリアを見つめた。

「赤いアネモネの花言葉は『君を愛す』です」

クロネリアはアマンダの心を知りたくて、公爵家の書斎《しょさい》に入れてもらって調べていた。

そこにはアネモネのところに栞《しおり》が挟《はさ》んである花言葉の本があった。

「アマンダ様が最後に公爵様に残したメッセージは花壇一面の真っ赤なアネモネなのです」

「真っ赤なアネモネ……」

公爵は驚いたように呟き、堪《こら》えきれないように嗚咽《おえつ》を漏《も》らした。

「うう……まさか……。そんな……そんなことがあるはずが……」

公爵は溢《あふ》れる涙《なみだ》に声を詰《つ》まらせて咳《せ》き込む。

苦しそうに呻く公爵を見て、クロネリアは慌てて側に近付きそっと肩をさすった。

「大丈夫ですか、公爵様。すみません。余計な話をしすぎてしまいました。お疲れになってしまわれたのではありませんか？」

「いや……大丈夫だ。余計な話などではない。教えてくれてありがとう、クロネリア」

そう言って公爵は咳《せき》がおさまると、「ふ……」と初めての笑い声を漏らした。

「不思議だな。咳と共に何か胸につかえていたものが一つ取れたような気がする。あなたの言葉が私の傷口を癒してくれたようだ」

クロネリアは元気そうな公爵に、ほっと安堵《あんど》の息を漏らす。

「これ以上お話しするのは体に毒ですわ。少しお休みくださいませ、公爵様」

クロネリアは公爵に布団《ふとん》を掛け直した。

「少しお水を飲まれますか?」

「いや、いい。確かに少し疲れた。休ませてもらおう」

そうして公爵は、クロネリアに見守られながら安心したように眠りについた。


「大変だよ、ローゼ。ちょっと来て!」

アークは、廊下《ろうか》を歩いていた侍女《じじょ》のローゼを捕《つか》まえて自室に引っ張り込んだ。

「どうなさいました? 何かあったのでございますか?」

耳にかかるほどの短い赤髪《あかがみ》と切れ長の黒い瞳《ひとみ》をした背の高い侍女が、神妙《しんみょう》な顔で尋ねた。

ローゼはイリスが最も信頼《しんらい》している侍女で、ゴード執事長と共に屋敷を取り仕切っている。アマンダの病が重くなってきた頃から、女主人の代行として侍女やメイドを取りまとめてきた敏腕《びんわん》侍女だった。

「今さっき、お父様の部屋を覗《のぞ》いて信じられないものを見たんだ」

「な、何を見たのですか？」

ローゼは、これはただ事ではなさそうだとごくりと唾《つば》を呑み込み聞き返した。

そしてアークは深刻な表情で告げた。

「お父様が……笑ってたんだ」

「？」

ローゼはきょとんと目を丸くする。

「公爵様が笑っていらした？　良いことではないですか。少し体調が良くなられたのでしょうか？」

しかしすぐにアークは否定する。

「もう、違うったら！　僕は聞いてしまったんだ！」

「なにを聞いたのでございますか？」

アークはとんでもない秘密を話すように声をひそめた。

「驚かないでね。クロネリアが毒ですって言ってたんだ」

「毒？」

「そうだよ。クロネリアがお父様に毒ですって言って飲ませようとしてたんだ」

ローゼはさすがに青ざめた。

「そ、それで公爵様は？」

「いやいいって断っていた。でも、このままじゃいずれ毒を飲まされるよ」

「まさか……。本当にそんな話をなさっていたのですか？　毒ですと言って毒を飲ませる者などいないでしょう？　公爵様も、いやいいでは済まない話ですよ」

しかしアークはすっかり毒という言葉に動揺《どうよう》していた。

「早く追い出さないとお父様が殺されてしまうよ。ローゼも協力して」

「何をなさるおつもりですか？」

「少し手荒《てあら》なことをして脅《おど》かすんだ。女性だからって手加減している場合じゃない」

ローゼは眉根を寄せて首を振った。

「いけません。そんな恐ろしい相手ならなおさら、イリス様にお任せしましょう。イリス様が仕事から戻られるまでお待ちください」

アークはいらだって不満を爆発《ばくはつ》させた。

「なんで分かってくれないの？　兄上が戻るまで待っていたら、お父様が殺されてしまうんだよ。お父様はもうクロネリアの言いなりになっているんだから」

「もう少し様子を見てからにしましょう。私も気を付けて公爵様を見ていますから」

アークは全然分かってくれないローゼに地団駄《じだんだ》を踏《ふ》んだ。

「もういいよ！　ローゼには頼まないから！　僕一人でやるから。もう出てって！」

ローゼの背中を押して部屋を追い出した。

「ちょっ。アーク様！　イリス様がお帰りになるまで待ちましょう。ね！　アーク様」

バタンと閉じられたドアの外でローゼが声をかけていたが、アークは取り合わなかった。

「本当は僕だってこんなことしたくないけど、でも僕しかお父様を助けられない。僕がやるしかないんだ……」

アークは決意を固めたように腰のサーベルを引《ひ》き抜《ぬ》いた。

五、イリスの謝罪

公爵邸《こうしゃくてい》の食事は朝と夕方の二回だった。

それはクロネリアの実家と同じだ。

気の弱い母はダイニングルームで他の夫人と顔を合わせるのが嫌《いや》で、いつもクロネリアと二人、自室で食べていた。

運ばれてくる料理はどれも冷めた残り物ばかりで、決して美味《おい》しい食事ではなかった。

子どもの頃《ころ》はダイニングルームで賑《にぎ》やかに食事をするガーベラが羨《うらや》ましかったものだ。

「今日は私のお母様の誕生日祝いのディナーだったのよ。三段のケーキがすごく美味しかったわ。でも残念ね。全部食べ切ってしまってもう無いわ」

ガーベラは特別な料理が出た日は、わざわざ気の毒そうにクロネリアに言いにきた。

幼いクロネリアはどうしても食べたくて、母に一緒《いっしょ》にダイニングルームに行こうと誘《さそ》ってみるのだが、行きたければ一人で行きなさいと言われ、結局母を置いては行けなかった。

先の二人の看取《みと》り先では、ベッドから動けない夫の寝室《しんしつ》に、二人分持ってきてもらって食べることが多かった。あまり食べることのできない夫に合わせた病人食だった。

この公爵邸では……大きなダイニングルームもあるようだが、時間になるとメイドがクロネリアの部屋に運んでくれた。しかしそれは実家の冷めた残り物とはまるで違《ちが》う。

夕食はワゴンに載せた出来立てのフルコースだった。

メイドたちは無言でクロネリアの前のテーブルに豪華《ごうか》な料理を並べる。

クロネリアは嬉《うれ》しくてついメイドに話しかけてしまった。

「このお料理はなんですか？　外はサクサクしているのに中はクリーミーでとっても美味しいです！」

しかしメイドたちはつんとすまして答える。

「さあ、存じませんわ」

「良家の奥様が食事中におしゃべりするものではありませんわよ」

非難するように言うメイドたちに、クロネリアはしゅんと落ち込んだ。

「すみません……」

メイドたちは、そんなクロネリアを無視してそそくさと出ていく。

（やっぱり私と仲良くしたい人なんて、ここにもいないのね）

でもこの温かい料理があるだけで幸せだと気持ちを切《き》り替《か》える。

「うん。全部美味しい！　このお料理をお母様にも食べさせてあげたいわ……」

母は食が細くなってあまり食べなかったが、この美味しい料理ならたくさん食べるかもしれない。そう思うと、今すぐ持っていってあげたくなる。

量は食べられないけれど、マナーや作法は完璧《かんぺき》でとても綺麗《きれい》な食べ方をする母だった。

クロネリアも真似《まね》をして、所作だけは王家の晩餐《ばんさん》会に出ても恥ずかしくないほど美しいと母はいつも褒《ほ》めてくれた。

「お母様は預けた結納《ゆいのう》金を少しは使っているかしら」

好きに使っていいと渡《わた》してもクロネリアのお金だからと一ルーベルも使えない母だった。

次に実家に戻《もど》ったら、母にドレスを新調してあげようと心に決める。

新しいドレスに喜ぶ母を想像したら、気持ちが上がって元気が出た。

「さあ、早く食べて今日は大浴場に入らなくちゃ」

公爵邸の地下には大浴場があった。温泉を引き入れていていつでも温かい。

イリスは留守でアークは早い時間に入るため、それ以外の空いている時間は好きな時に入っていいらしい。実家や前夫邸《てい》では他の家族に遠慮《えんりょ》しながら大急ぎで小さな浴場を使っていたことを考えると、これも夢のような時間だった。

「よし！　ドレスは残念でも、せめて身綺麗《みぎれい》にはしないとね」

クロネリアは食事を済ませると、着替《きが》えを持って部屋を出た。着替えといっても三着持ってきたドレスのうち一着は染《し》み抜《ぬ》きに出していて、残りの二着を交互《こうご》に着ている。

メイドたちは毎日洗濯《せんたく》物を取りに来るが、クロネリアの衣装《いしょう》の少なさに呆《あき》れたような顔で立ち去っていった。

「染み抜きがうまくいかなくても、あのドレスを着るしかないわね」

そんなことを考えながら廊下《ろうか》を曲がると、急に目の前に尖《とが》った剣先《けんさき》が現れた。

「きゃっ？」

驚《おどろ》いたことに、アークがクロネリアに向かって子ども用のサーベルを突《つ》き出《だ》していた。

はっと後ろに下がるクロネリアに、さらにアークの細長い剣が突き出される。

「アーク様……」

小さな騎士《きし》は習った通りの綺麗な姿勢で、クロネリアの体をよけて左右に剣を突き出す。

「死神め！　お父様に毒を飲ませようとしたな！」

「な、なんのことですか？」

クロネリアは剣先から逃《のが》れるように後ずさる。

「出ていけ！　今すぐ出ていかないと、本当に刺《さ》すぞ！」

本当に突き刺すつもりはない。脅《おど》かすだけのつもりなのだ。

だから真ん中を避《さ》けて左右交互に突いてくる。

クロネリアは後ずさりしながら剣先をよけるが、少しだけバランスを崩《くず》して右に傾《かたむ》いた。

「あっ！」

アークが叫《さけ》んだかと思うと、その剣先がクロネリアのスカートを切り裂《さ》いていた。

驚いてサーベルを引くアーク。

「な、なな、なんでちゃんとよけないんだよ！　僕は刺してないからな！　お前が自分から剣に刺さりにきたんだ！　僕を悪者にするためにわざと体を傾けたんだ！」

まさか本当に剣が刺さると思わなかったのか、アークはクロネリア以上に動揺《どうよう》している。

「ぼ、僕は怪我《けが》なんてさせてないから……僕はそんなつもりじゃ……」

刺さってしまったことにショックを受けて泣きそうになっていた。

クロネリアは自分のドレスのことよりも、アークがかわいそうになった。

「大丈夫《だいじょうぶ》です。スカートが切れただけで怪我はしていません」

クロネリアが慌《あわ》てて言うと、アークはほっとした顔になって口をへの字に曲げて泣きそうなのを堪《こら》えている。

「ぼ、僕は……僕は……」

ひどいことをされたはずなのに、クロネリアはやはりアークを怒《おこ》る気になれなかった。

「アーク様……」

何か慰《なぐさ》める言葉をかけてあげようとした。しかし。

「何をしているっ！　アーク！」

廊下の向こうから突然《とつぜん》、怒鳴《どな》るような声が響《ひび》いた。

イリスがちょうど外から帰ってきたところだった。

「あ、兄上……」

アークはびくりと肩《かた》を震《ふる》わせた。

イリスが駆《か》け寄《よ》ってきて、信じられないという顔でアークのサーベルとクロネリアの破れたドレスを見つめた。

「お前が……やったのか、アーク……」

「ぼ、僕は……違う。そんなつもりじゃ……僕は……」

じわりとアークの瞳《ひとみ》に涙《なみだ》が溢《あふ》れてくる。

「見損《みそこ》なったぞ、アーク……。ご婦人に剣を向けるなんて……しかもドレスを突き刺すなんて……騎士の風上にも置けない……。お前に剣を持つ資格などない！」

「ううう……兄上が悪いんじゃないか……。こんなやつを連れてくるから……ううう」

「どんな理由があろうとも、丸腰《まるごし》の女性に剣を振《ふ》るうなど騎士失格だ！」

イリスはアークの手から剣を取り上げて怒鳴った。

「僕のサーベルだよ。返してよ……」

「だめだ。お前はしばらく剣を持つことを禁ずる！」

イリスに言われて、アークは絶望したようにぽろぽろと涙を溢れさせた。

「兄上のバカッ！　大嫌《だいきら》いだ！」

アークは言い捨てると、だっと駆けだした。

「こら、待てっ！　クロネリアに謝れ、アーク！」

しかしアークは振り向きもせずに行ってしまった。

「……」

アークの立ち去った後には、クロネリアとイリスの二人だけが残された。

振り向いたイリスは、怒っているというよりも、弟に大嫌いと言われてひどく傷ついているようにも見える。そして気まずそうにクロネリアの破れたドレスに視線を向けた。

「すまない、クロネリア。弟がひどいことを……」

「いいえ。アーク様は少し脅かすつもりだったのです。私がバランスを崩したせいでドレスが破れてしまい、ご自分の方がショックを受けておられました。ですがドレスが破れただけで怪我はしていません。どうかアーク様を叱《しか》らないでくださいませ」

「……」

イリスはクロネリアの言葉をどこまで信じていいのか思案しているようだった。

やがて何かを決心したように、クロネリアの腕《うで》を摑《つか》んだかと思うと、つかつかとエントランスホールに向かって歩き出した。

「ついてきてくれ、クロネリア」

「え？」

イリスに引っ張られるままについていくと、エントランスホールではイリスの荷物を馬車から運んでいる執事《しつじ》たちが忙《いそが》しく立ち働いていた。

そしてエントランスの外では荷物を降ろした馬車が厩舎《きゅうしゃ》に向かおうとしている。

「ゴード。悪いが今から出かける。馬を替えて馬車の準備をしてくれ」

エントランスホールにいたゴード執事長は目を丸くした。

「今帰ってきたばかりで、またお出かけになるのですか？」

「街まで行くだけだ。すぐに戻ってくる」

ゴードは腕を引っ張られているクロネリアを不審《ふしん》そうな顔で見つめてから応じた。

「畏《かしこ》まりました。すぐにご用意致《いた》します」

よくできた執事は主人の命じるままに、急いで馬車の準備を整えた。


イリスは無言のまま、凍《こお》り付《つ》きそうな空気を作って馬車に揺《ゆ》られていた。

「あの……イリス様。どこに行くつもりなのですか？」

張《は》り詰《つ》めた緊張《きんちょう》感に耐《た》えかねたのか、クロネリアが尋《たず》ねた。

イリスは不安げに自分を見つめる少女に目を向ける。

「も、もしかして……このまま私を追い出すつもりですか？　アーク様に剣まで持たせるほど嫌《きら》われてしまって……お怒《いか》りになる気持ちは分かりますが……」

クロネリアは、青ざめて弁解の言葉を探している。

「何を勘違《かんちが》いしているのだ。若い女性をこんな時間に追い出すはずがないだろう」

イリスの言葉にクロネリアは少しほっとして、もう一度尋ねた。

「ではどこへ？」

「アークが失礼なことをしたお詫《わ》びに、ドレスをプレゼントさせてもらいたい」

「ドレスを？」

クロネリアは思ってもいなかった言葉に驚いていた。

「だ、大丈夫です。上手に縫《ぬ》えばまだ着られますから……」

「縫って、まだそのドレスを着るつもりなのか？」

イリスが呆れたように言うと、クロネリアは恥《は》ずかしそうに俯《うつむ》いた。

破れている以上に流行おくれで古びたドレスだった。

「き、着替えもありますので……大浴場に行くつもりでここに……」

イリスはクロネリアが膝《ひざ》に置いているドレスにちらりと目をやり、ため息をつく。

「メイドたちは着替えの準備もしてくれないのか」

公爵夫人《こうしゃくふじん》が自分で着替えを持って大浴場に行くなんてありえない。

本来なら夫人が実家から連れてくる専属の侍女《じじょ》が取り仕切ることだ。

「ゴードからいろいろ報告を受けている。新しい奥様はドレスを新調する暇《ひま》がなかったようで、公爵家にふさわしい衣装がないようです、と言っていた」

「……」

クロネリアはますます恥ずかしそうに俯き、真っ赤になった。

「すみません、イリス様。私はゴード執事長に嘘《うそ》をつきました」

「嘘を？」

イリスはこの看取り夫人が、どんな大それた嘘を白状するつもりなのかと身構えた。

ゴードから聞かされた話では、使用人たちの間でクロネリアの様々な噂《うわさ》が流れているようだった。

多額の結納金を受け取ったとは思えないような粗末《そまつ》なドレスのことが一番話題になっているようだが、侍女に手伝いを申し出て公爵に毒を盛ろうとしているらしいなどという物《ぶっ》騒《そう》なものまであった。

やはりみんなが言うように何か企《たくら》んで看取り夫人をやっていたのか、と。

「実は……ドレスを新調するつもりなどありませんでした。本当は頂いた結納金で公爵家にふさわしい支度《したく》をすべきだったのですが……」

恐縮《きょうしゅく》しながら告げるクロネリアにイリスは尋ねた。

「では結納金は何に使ったのだ？」

はっとクロネリアは顔を上げ、観念したように答えた。

「あの……母に……。すみません。母にもっと豊かな暮らしをさせてあげたくて……」

「……」

どんな企みを白状されるのかと身構えたというのに、拍子抜《ひょうしぬ》けした。

(ただの親孝行な少女にしか見えないが、それも看取り夫人の手口かもしれない)

イリスは慎重《しんちょう》に問いかける。

「あなたは前の二人の夫からも多額の結納金を受け取っていると聞いた。それでは足りなかったのか?」

母親とグルになって何か良からぬことに金を使っているのかもしれない。

「いえ。前の夫たちの結納金は……父が事業に使ってしまったので……」

「……」

俯いて申し訳なさそうに答える目の前の可憐《かれん》な少女は、不幸な運命に翻弄《ほんろう》されながら懸《けん》命《めい》に生きているいじらしい女性にしか見えない。

(いや、だがこれも騙《だま》すための芝居《しばい》かもしれない)

事業家として様々な荒波《あらなみ》に揉《も》まれてきたイリスは慎重だった。

「私はブラント侯爵《こうしゃく》のことを知っている。いや、社交界でも有名な人だった。友人知人にまで高利貸しのようなことをする、がめつくて偏屈《へんくつ》で嫌な男だった」

病に倒《たお》れたと聞いて、貴族たちは拍手喝采《はくしゅかっさい》したものだ。

あんな男はさっさと地獄《じごく》に堕《お》ちて業火《ごうか》に焼かれるがいい、と口々に言い合った。

「そのブラント侯爵が病の床《とこ》で新しい妻《めと》を娶ったと聞いて、最後まで身勝手な男だと、いや、その妻も財産目当ての似た者同士なのだろうと噂になった。遺産目当ての新妻にとっとと殺されてしまえばいい、などと言う者までいた」

「そう……ですか……」

その新妻とはクロネリアのことだ。

クロネリアは、世間で何を言われていたかなんて知らないらしい。

そんな風に言われていたのだと、初めて知ったように青ざめて目を伏《ふ》せている。

「だが一年経《た》っても侯爵が死んだという話は聞かず、それどころかずいぶん丸く穏《おだ》やかな人柄《ひとがら》になったという噂が流れてきた」

ある者は急に屋敷《やしき》に呼ばれて謝られたのだという。

別の者は高利で奪《うば》われたお金を返してもらったという。

そして別人のように毒々しさのなくなった侯爵の傍《かたわ》らには、優《やさ》しげに微笑《ほほえ》む看取り夫人の姿があったそうだ。彼らはありえないものを見たように語っていた。

『まったくどうなっているんだか。あの偏屈侯爵が、私に頭を下げて謝ったのだ』

『あのケチでがめついブラント侯爵が金を返すって言うのだからな』

『看取り夫人に向かって、それは幸せそうに微笑んでいるのだよ。信じられるか？』

『やはりあの看取り夫人のおかげなのだろうな』

『まあでも、嫌な男だと思っていたが、それほど悪い人間でもないのかもしれない』

『金も返してもらったことだし、もう憎《にく》しみはなくなったよ』

不思議なものであれほど腹を立てていた者たちも、死を間際《まぎわ》にした人間に心底謝られると、許せる気持ちになるようだ。人々の憎しみは消え、三年も長生きをして最後は多くの人々に見送られ、幸福の中で死んでいったとイリスは噂に聞いた。

「すべてはローセンブラート家の看取り夫人のおかげなのだと、社交界ではあなたのことが話題になった。自分も人生の最後をそのような夫人に看取られたいと、多くの貴族が男爵《だんしゃく》家に結婚《けっこん》の申し入れをしたと聞いている。私もまた、あのブラント侯爵をそこまで変えて長生きさせた看取り夫人なら、生きることを諦《あきら》めたような父を変えてくれるのではないかと、一縷《いちる》の望みにすがったのだ。そのためならお金をどれほど積んでもいいと」

きっと人生経験豊富な年配女性があらゆる看取りの知識を駆使《くし》して、父に最高の最期《さいご》を演出してくれるのだと、イリスは期待していた。

だが現れたのは、まだ十八の頼《たよ》りない少女だった。

「私は……ただ二人の夫を看取っただけで……最初にお話しした通り、特別な技術や知識を持っているわけではありません……」

イリスも初対面で、期待外れだったとがっかりした。
明日にも自ら死を選んでしまいそうな父に焦《あせ》って、冷静な下調べを怠《おこた》ってしまった。
他の看取り希望の貴族たちに取られる前にと、慌てて決断してしまった。
今考えてみると、それもローセンブラート男爵の手口だったように思える。
騙された気持ちでいるのは確かだった。
父も拒絶《きょぜつ》しているようだし、やはり看取り夫人の契約《けいやく》は解除して出ていってもらおうか
と仕事先でずっと考えていた。
しかもアークが剣を持ち出すほどに嫌っているなら、もう考えるまでもない。
高額な結納金は払《はら》い損だったが、騙された自分が悪いのだと諦めるつもりだ。
「期待に添《そ》えなくて……すみません……」
だが、しょんぼりと謝る少女を見ていると、なかなか言い出せずにいる。
とりあえず、弟のアークがしでかした非礼の分は謝罪しようと思っていた。
「いや……。とりあえず、お詫びにドレスをプレゼントさせてもらおう」
ちょうど馬車が店の前に到着《とうちゃく》した。

「ここは……」

イリスに手を差《さ》し伸《の》べられて馬車を降りたクロネリアは目を丸くしていた。

公爵邸に向かう時に通り過ぎた、大通りの煌《きら》びやかなショーウインドウの前だ。

豪華なドレスを着たマネキンがライトアップされている。

馬車を目にしたコンシェルジュが、客を出迎《でむか》えにやってきた。

「これはイリス様。お久しぶりでございます。ようこそお越《こ》しくださいました」

「ああ。母が亡《な》くなって以来だな」

どうやらこの店はアマンダ御用達《ごようたし》のドレスショップだったようだ。

「クロネリア。入って好きなドレスを選んでくれ」

「え……」

クロネリアは店内に招き入れられ、夢のような空間に唖然《あぜん》とした。

大きなシャンデリアに照らされて、豪華なドレスがずらりと並んでいる。

どれもこれも、フリルと刺繍《ししゅう》をふんだんに使った華《はな》やかなものばかりだ。

「こちらのお嬢様《じょうさま》のドレスをお探しですか？」

黒いタキシード姿のコンシェルジュが場違《ばちが》いな古いドレスを着たクロネリアを見た。

「ああ。公爵家の夫人にふさわしいドレスを見繕《みつくろ》ってくれ」

「公爵家のご夫人……。では、この方が……」

コンシェルジュはそれだけでクロネリアの正体が分かったようだ。

こんなところまで、看取り夫人の噂は届いているらしい。

クロネリアは恐縮したまま佇《たたず》んでいたが、コンシェルジュはすぐさま似合いそうなドレスをいくつか選んで持ってきた。

「こちらのドレスはどうでしょうか？　細身の奥様にちょうどよいサイズかと思います」

クロネリアは慌てて首を振る。

「いえ。このような高価なドレスを頂くわけにはまいりません。もっと普段着《ふだんぎ》を」

「公爵夫人の普段着だと思いましたが……」

コンシェルジュが困惑《こんわく》顔で答える。

「気に入らないのか？」

イリスが尋ねた。

クロネリアは慌てて首を振る。

「いえ、まさか！　とても素敵《すてき》なドレスだと思います。ですが、このような立派なドレスを着たことがないので、着方も分からないですし……」

「……」

さっぱり選ぼうとしないクロネリアに、コンシェルジュもイリスも呆れている。

連れてきたことを後悔《こうかい》しているだろうと、クロネリアは逃《に》げ出したくなった。

「クロネリア。もう閉店時間が迫《せま》っているんだ。だから選ぶつもりがないなら……」

お店に迷惑《めいわく》だから帰ろう、と言われるのだと思った。しかし。

「悪いが私が適当に決めさせてもらう」

「え？」

驚いているクロネリアの隣《となり》で、イリスはドレスを見繕う。

「この紫《むらさき》のドレスはどうだ？　君に似合うような気がするが」

「……」

驚いたまま何も答えないクロネリアの代わりにコンシェルジュが返答する。

「よいと思います。一度ご試着なさいますか？」

「ああ。そうだな。着てみた方が分かりやすい」

話はどんどん進められ、コンシェルジュが女性の店員を二人呼んで、クロネリアは試着室に連れていかれた。

「失礼致します、奥様」

店員は手早くドレスを着替《きが》えさせて、見栄《みば》えがするようにクロネリアの軽く結《ゆ》わえただけの髪《かみ》を高く結い上げてくれた。

実家では着替えや身支度《みじたく》を手伝ってくれる侍女などクロネリア母娘《おやこ》にはおらず、いつも自分でするしかなかった。

ガーベラ母娘には専用の侍女がいて、いつも凝《こ》った髪型《かみがた》に結い上げてもらっていたので、クロネリアも真似してやってみたのだが、髪がもつれて全然うまくできなかった。

しかし店員二人は慣れた手つきで、クロネリアの琥珀《こはく》色の巻き毛を魔法《まほう》のように綺麗に結い上げて大きな鏡の前に立たせてくれた。

「これが……私……」

そこには、別人のように華やかな貴婦人に変身したクロネリアが映っていた。

イリスの選んでくれた濃《こ》い紫のドレスは、アネモネの花びらのようなレースがふんだんに使われていて、白い小花の刺繍が可愛《かわい》らしい。大きなパフ袖《そで》と露出《ろしゅつ》の少ない胸元《むなもと》が上品で、良家の若夫人のように見える。

「どうぞ、奥様。こちらへ」

店員に手を引かれ、イリスの前に出た。

コンシェルジュと談笑《だんしょう》していたイリスは、振り向いて目を見開く。

「クロネリアか？」

別人のようになったクロネリアに、イリスも驚いたようだ。

「おお！　これは、大変お似合いでございます、奥様」

コンシェルジュは大げさに驚いて褒めたたえた。

「なんと。世間でお噂の看取り夫人とは、このように美しいご婦人だったのですね。このようなご婦人なら確かに皆様《みなさま》、大往生されたことでございましょう」

どうやらイリスと、看取り夫人の話題で盛り上がっていたらしい。

「いかがでございますか？　イリス様」

コンシェルジュはイリスに感想を求める。

クロネリアは不安げにイリスに視線を向けた。

目が合うと、イリスは慌ててふいっと視線をそらした。

（もしかして怒っておられるの？　看取り夫人のくせに華やか過ぎるものね。イリス様のお気に召《め》さなかったのだわ）

すっかりこのドレスが気に入っていたクロネリアは項垂《うなだ》れる。

看取り夫人には似つかわしくないと却下《きゃっか》されるのだと思った。しかし。

イリスはぽそりと答えた。

「悪くないな。いや、よく似合っている……」

そっけなく言うイリスにクロネリアはぱっと顔を輝《かがや》かせる。

「では、このドレスを……頂いてもいいのですか？」

看取り夫人ではなく、普通《ふつう》の十八の少女になって目を輝かして尋ねるクロネリアに、イリスは少し戸惑《とまど》いを浮《う》かべて答えた。

「君が気に入っているなら、もちろんそれをプレゼントさせていただく」

「本当ですか？　ありがとうございます！」

「詫びの品だ。別にそこまで感謝されるほどのことではない」

心から感謝を込《こ》めて言うクロネリアに、イリスは相変わらずそっけない。

何か怒っているのかと思ったが、イリスはさらにコンシェルジュに命じた。

「ついでにこれと……ああ、これも似合いそうだ。全部もらおう」

「畏まりました」

コンシェルジュは閉店間際のありがたい上客に、にっこりと応じる。

あっという間に決めて、三着も買ってしまった。

「あの……イリス様……こんなにもらうわけには……」

「着替えも必要だろう。このぐらい気にしなくていい」

コンシェルジュは大急ぎでドレスを包装して、大きな箱を馬車に運び込んでくれた。

結局破れたドレスに着替え直す必要もないだろうと、紫のドレスを着たまま帰りの馬車に揺られているクロネリアは、高く積まれたドレスの箱を見つめていた。

自分のためにドレスを買ってもらったのは、子どもの頃以来のことだ。

「時間がなくて勝手に決めてしまってすまない。気に入らないようならもう一度買い直しに来てもいい。それともこの謝罪では納得《なっとく》できないか？」

イリスは黙《だま》ったまま箱を見つめているクロネリアに尋ねた。

「いいえ、まさか。あの……少し箱を開けて中を見てもいいですか？」

「？　ああ。何か不備があれば言ってくれていい」

イリスは頬杖《ほおづえ》をつきながらクロネリアの様子を見つめていた。

クロネリアは宝箱を開けるようにそっと蓋《ふた》を上げ、イリスが選んでくれた他の二着のドレスを見つめた。

イエローとブルーの上品なデザインのドレスだ。どちらも素敵だった。

付属品がたくさんついていて、シーンによって装飾《そうしょく》をアレンジできるようだ。

その滑《なめ》らかな生地《きじ》に触《ふ》れてみる。

全部、自分のための新品のドレスなのだと実感すると、じんと胸が熱くなる。

「ありがとうございます、イリス様。大切に着させていただきます」

喜びを噛《か》みしめるように礼を言うクロネリアを、イリスは不思議そうに眺《なが》めている。

「いや……そんなに喜んでもらえるとは思わなかった」

「どれもとても素敵なドレスで夢のようです。嬉しいです」

「ドレスぐらいで夢のようだなどと大げさだな」

イリスは呆れたようにそっけなく言う。

「まあ……気に入ったのならそれでいい」

ほんの少し微笑んだように見えたイリスだったが、すぐに気持ちを切り替えたのかこほんと咳払《せきばら》いをする。

そして、もういつもの事務的なイリスに戻っていた。

「これで謝罪を受け入れてもらえたとして、あなたに言っておかねばならないことがある」

クロネリアは、はっと夢から現実に引き戻された。

「今回のことはもちろんアークが悪いのだが、あの子がここまでするなんて初めてのことだ。あなたにひどく反感を持っているからだろう」

「はい……」

クロネリアはさっきまでの笑顔《えがお》を消して、しょんぼりと俯いた。

綺麗なドレスですっかり夢心地《ゆめごこち》になっていたが、これが現実なのだと思い知る。

やはり解雇《かいこ》されるのだな、と覚悟《かくご》していた。

「仕事先でも考えていたのだが、やはりあなたには……」

言いかけたイリスは、すべてを悟《さと》ったように顔を上げたクロネリアと目が合うと、なぜか一瞬《いっしゅん》黙《だま》り込んだ。そして告げた。

「……侍女をつけることにしよう」

「え？」

クロネリアは意外な言葉に目を見開く。

「侍女？」

てっきり契約解除の話だと思ったのに違ったのだろうかと聞き返した。

「では……私は……まだお屋敷にいてもいいのですか？」

クロネリアはぱっと顔を輝かせて尋ねた。

「うむ。だが、最初に言ったように、少しでも怪《あや》しい素振《そぶ》りがあったり、これ以上アークに悪影響《あくえいきょう》を及《およ》ぼしたりするようなら解雇させてもらう」

「はい！　ありがとうございます！」

すべてを達観したような看取り夫人の顔から、十八歳らしい少女の笑みがこぼれる。

「別に感謝されることでもない」

喜びに溢れた顔で礼を言うクロネリアに、イリスは相変わらずそっけなかった。

そうして馬車は晴れやかに微笑むクロネリアと気難しい顔をしたイリスを乗せて、公爵邸に帰ってきたのだった。

「なんであんなことを言ってしまったのだ……」

夜も更《ふ》け切った執務室《しつむしつ》で、イリスは頭を抱えたまま呟《つぶや》いた。

「今日で解雇するつもりだったのに。クロネリアのあの鳶色《とびいろ》の澄《す》んだ目を見ると言いだせなかった。そしてふいに思いついたことを言ってしまった」

あの時、今日で看取り夫人の契約を解除したいと言うつもりだった。それなのに。

「それで専属侍女をつけると？」

イリスの前には、留守中の報告にきた側近侍女のローゼが立っていた。

珍《めずら》しく落ち込んでいる主人を見て可笑《おか》しそうに尋ねた。

「そうだ。すまないが君がクロネリアの専属侍女になってくれ、ローゼ」

一番の適任者はローゼだろうと思う。

「そして彼女が何か怪しい動きをしたらすべて報告してくれ。その時は、今度こそ契約の解除を言い渡そう。次こそは、はっきり言うつもりだ」

もう情にほだされて流されるつもりはない。

スペンサー家を父の代わりに取り仕切る者として、判断を誤るわけにはいかない。

有能な侍女に見張らせて、時には冷酷《れいこく》な決断をしなければならない。

イリスにはこの公爵家を守る責任があるのだ。多少嫌われても、非情な男だと後ろ指をさされても、守らねばならないものがある。その覚悟で過ごしている。

そんなイリスにローゼが答えた。

「怪しい動きというか、今回のアーク様のことは私にも責任がございます。私がもっと気を付けていれば未然に防げたことでございます。申し訳ございません」

「君が？　どういうことだ？」

イリスは怪訝《けげん》な顔で尋ねた。

そしてローゼはアークがなぜサーベルなどを持ち出すことになったのか、事の顛末《てんまつ》を話した。

話を聞き終えたイリスは信じられないという顔で確認《かくにん》した。

「さっきなんと言った？　父上が笑っていたと？」

イリスが引っかかったのは、アークの毒の話よりもその部分だった。

「はい。私は見ていませんがアーク様の話から推察しますと、公爵様はクロネリア様と楽しげに談笑していたようでございます」

「まさか……。母が亡くなってから、私とアークがどれほど話しかけても短く答えるぐらいしかしなかった父上が？　その上、笑っておられただと？」

クロネリアが来るまで、死にたいとしか言わなかった父だった。

俄《にわ》かには信じられない。

「先ほどお目覚めになった公爵様に話を伺《うかが》いましたが、毒というのはたぶん、クロネリア様がお体に毒ですと言われたのを聞き間違《まちが》えたのだろうということでございました」

「まったく困ったやつだな、アークは」

こうなると明らかに悪いのはアークで、クロネリアにはまったく非がない。

馬車の中で冷たい言い方をしてしまったことを、むしろ申し訳なく思った。

「馬車でのイリス様の判断は賢明《けんめい》だったのかもしれません。今しばらくクロネリア様をお屋敷に置いて様子を見てみる価値はあるかと思います」

ローゼの言葉にイリスも肯《うなず》いた。

「……そうだな。父上が以前のように元気になられるなら、もちろんクロネリアを置くことに異論はない」

元々それを期待して依頼《いらい》したのだ。

父が元気になるなら、援助《えんじょ》を惜《お》しむつもりもない。

「ならば彼女が看取り夫人としての才能をもっと発揮できるように、君がサポートしてやって欲しい。君が援護《えんご》すれば他の使用人たちも彼女にもっと協力的になるだろう」

「そうですね。メイドたちの中には、アーク様の言葉を信じて看取り夫人を死神のように思って煙《けむ》たがっている者もいるようです。クロネリア様に対して好意的とは言い難《がた》い態度だとゴード執事長もおっしゃっていました」

「うむ。ゴードは今のところ静観しているようだが」

ゴードは、高額な結納金を払ったわりに公爵家にふさわしい支度をしてこなかったクロネリアを、良くは思っていない。

あのドレスはないでしょうとイリスにも愚痴《ぐち》っていた。

馬車の中で聞いた話が本当なら、クロネリアのせいではないのだが。

「そういえば、ドレスの着方が分からないと言っていたな」

イリスは思い出したように呟いた。

「ドレスの？」

「ああ。流行《はや》りのドレスなど着たこともないようだった。悪いが彼女が恥《はじ》をかかないようにさりげなく手伝ってやってくれ」

ローゼほどの立場の侍女なら、着付けなどはメイドに指示するだけなのだが、着慣れていないクロネリアは要領を得なくてメイドに軽《かろ》んじられるかもしれない。

母想《おも》いだったイリスは、病床《びょうしょう》の母を世話するうちにそんな細かなことにまで気が付くようになった。そして気付くと放っておけない性分《しょうぶん》でもあった。

気が回り過ぎて公爵やアークにも口うるさくなってしまい誤解されるのだが。

そして気遣《きづか》いの細やかさのわりに、そっけない事務的な口調がさらに反感を買ってしまう。その悪循環《あくじゅんかん》が続いていた。

今のところそんなイリスのことを分かっているのは、この側近侍女だけだった。

ローゼだけがイリスの真意を汲《く》み取《と》ってくれる。

だから安心して頼《たの》むことができる。

「分かりました。お任せください」

ローゼは恭《うやうや》しく頭を下げて主人の命令を請《う》け負《お》った。

六、アークとの和解

「失礼致《いた》します、奥様。本日より奥様の専属侍女《じじょ》を仰せつかりました、ローゼと申します」

翌朝早く、クロネリアの部屋に侍女がやってきた。

もちろん実家でそんなものを持ったことはない。

「イリス様がゆうべおっしゃっていました。本当にいいのですか？」

クロネリアは自分が専属侍女など持っていいのだろうかと恐縮《きょうしゅく》する。

「はい。イリス様にお世話をするようにと正式に命じられました。どうぞ何でもお申しつけくださいませ」

短い赤髪《あかがみ》の颯爽《さっそう》とした雰囲気《ふんいき》の侍女だ。これほど髪の短い女性は初めて見た。

はきはきしていて短髪《たんぱつ》のせいか中性的な印象の侍女だった。

「さっそく着替《きが》えをお手伝いしましょう」

ちょうど昨日買ってもらったイエローのドレスを着ようとしていたところだった。

けれど流行のドレスは装飾品《そうしょくひん》がたくさんあって、どこに何を付ければいいのかさっぱり分からず困っていた。そしてはっと気付いた。

「もしかして、イリス様は私が昨日ドレスの着方が分からないと言ったから……。それで専属侍女を付けてくださったのではないですか？」

クロネリアが尋《たず》ねると、ローゼは少し驚《おどろ》いた顔をした。

「それだけが理由ではないでしょうが……どうしてそう思われるのですか？」

「口調はそっけないけれど、イリス様は細やかな気遣《きづか》いのできるお優《やさ》しい方ですから」

クロネリアが言うと、ローゼはさらに驚いた顔をしてから微笑《ほほえ》んだ。

「同じようなことを、よくアマンダ様がおっしゃっていました。あの子は、本当はとても温かくて優しい子なのに、照れ屋でそっけないから誤解されてしまうのよ、と」

クロネリアはくすりと笑った。

「本当に。話す言葉はいつも事務的でそっけないけれど、後からじわじわと染《し》み込むような温かさを感じる方です」

「この短期間でイリス様をそこまで理解してくださった方は初めてです」

ローゼはてきぱきとドレスを着付けながら感心したように言う。

「きっと私の母が表情の薄《うす》い人なので、なんとか母を理解しようとした子ども時代の経験があるからだろうと思います。それがくせになってしまったのです」

「そういうことだったのですね。それで前の二人のご老人も理解できたのですね？」

ローゼは納得《なっとく》したように肯《うなず》いた。

「理解できていたのか分かりませんが、理解したいと思っていました」

「……」

ローゼはしばし手を止めて、クロネリアを見つめた。

「え？」

「あ、いえ。お優しい方なのだなと思って……。それにこんなに若く美しいのに、なぜ看《み》取《と》り夫人などやっておられるのかと……。あ、いえ、出過ぎたことを言いましたわ。どうかお許しくださいませ」

「ううん。いいの。私もどうしてこうなってしまったのかしらと思うもの」

クロネリアは小さくため息をついてから、すぐに晴れやかな笑顔《えがお》に戻《もど》る。

「でも悪いことばかりではないわ。こうして男爵《だんしゃく》家にいたら着ることもなかったような素敵《すてき》なドレスを着られるのですもの。幸せな結婚《けっこん》はできなかったけれど、周りを見渡《みわた》せば幸福はたくさん転がっているの。大きな夢を見ることは叶《かな》わなくとも、たくさんの小さな幸福を探して生きるのも悪くないわ」

「奥様……」

やがてドレスの着付けが終わり、クロネリアは化粧《けしょう》台の前に座らされた。

「何か髪飾《かみかざ》りを取って参りましょう。少しお待ちください」

ローゼは物がなくて閑散《かんさん》とした衣装《いしょう》部屋に入っていって、クロネリアが昨日まで着ていた破れたドレスに目をとめた。

「こちらは破れているようですが処分致しましょうか」

クロネリアは衣装部屋を覗《のぞ》いて、戸惑《とまど》いながら答えた。

「いえ。実家に帰る時に着ますので。後で繕《つくろ》おうかと……」

「……」

ローゼはクロネリアを黙《だま》って見つめた。

「ではメイドに繕うように命じておきましょう」

「あ、いえ。自分でできますので……」

「メイドの仕事ですので、奥様がなさる必要はありません。それより髪飾りはどちらに？」

ローゼはきょろきょろと何もない衣装部屋を見回している。

「髪飾《かみかざ》りは……そこにあるリボンが二本とここにある花飾りだけなの。ごめんなさい」

「……」

ローゼは唖然《あぜん》としたようにクロネリアを見つめ、持ち物の少ないクロネリアを馬鹿にするわけでも文句を言うわけでもなく、無言で髪を結《ゆ》い始めた。

その仕事は完璧《かんぺき》で、手伝いのメイドを部屋の外から呼び寄せ、リボン二本と花飾りだけで見事に髪を結い上げてくれた。

イエローのドレスは胸元《むなもと》のレースが華《はな》やかでシルエットが美しい。

まるで王宮の舞踏会《ぶとうかい》に出るお姫様《ひめさま》のような姿に改めて感動する。

「よくお似合いでございます、クロネリア様」

ローゼが告げると、手伝っていたメイドたちは顔を見合わせ慌《あわ》てて賛同する。

「ほ、本当に。見違《みちが》えるようにお美しいですわ、奥様」

「ええ。さすがイリス様お見立てのドレスですわ。素敵でございます」

今までクロネリアをほとんど無視していたメイドたちが、手の平を返したように褒《ほ》めてくれた。どうもローゼの顔色を窺《うかが》っているようだ。

実家では側仕《そばづか》えの侍女と雑用係のメイドはほとんど同じぐらいの立場だったが、ローゼは明らかにメイドより立場が上で、一目置かれている雰囲気だった。

「クロネリア奥様に朝食をお出しして」

ローゼが告げると、メイドたちは緊張《きんちょう》した面持《おもも》ちでテーブルに料理を出す。

その様子をじっと見ていたローゼがクロネリアに問いかける。

「奥様、メイドたちに粗相《そそう》はございませんか？　なにか失礼がありましたら、遠慮《えんりょ》なくおっしゃってくださいませ」

ローゼの言葉にメイドたちはぎくりと肩《かた》を震《ふる》わせた。

青ざめた様子でクロネリアを見る。

「いいえ。みんなよくしてくれています。感謝しています」

クロネリアが答えると、メイドたちはほっと息をついた。そして慌てて尋ねる。

「お、奥様、苦手な食材はございませんか？　ございましたら遠慮なくお申しつけくださいませ。料理長に伝えますので」

そんなことを聞かれたのは初めてだった。

「いいえ。いつもとても美味《おい》しいとお伝えください」

「畏《かしこ》まりました」

メイドたちはクロネリアとローゼに一礼して、そそくさと部屋を出ていった。

良家の侍女というのは、それなりの身分を持つものらしい。

ローゼのおかげで身の回りに不自由がなくなって、孤立《こりつ》感が薄れた。

強い立場の専属侍女がいるだけで、主人の扱《あつか》いもこれほど変わるのだ。

「いろいろありがとう、ローゼ」

「いえ、専属侍女の仕事ですから。もしも無礼な使用人がいたら、おっしゃってくださいませ。クロネリア様は仮にも公爵《こうしゃく》夫人《ふじん》のお立場なのですから。遠慮はいりません」

微笑んで言うローゼの言葉が心強かった。

実家でもこれまでの嫁《とつ》ぎ先でも、こんなことを言ってもらったのは初めてだった。

　やがて朝食を済ませ公爵《こうしゃく》のところに向かうためローゼを伴《ともな》って部屋を出ると、ドアの前にアークが立っていた。

「アーク様……」

「！」

　なぜか待ち伏《まぶ》せていたアークの方が驚いている。

「お前……クロネリアか？」

「え？」

「そのドレス……」

　見違えるようなドレスと化粧で、アークは一瞬《いっしゅん》クロネリアと分からなかったようだ。

「そ、そのドレスは兄上が買ったのか？」

「ええ。昨日買ってくださいました。破れたドレスの代わりにと。身に余るようなドレスを買って頂きましたので、アーク様も昨日のことはどうか気にしないでくださいませ」

　きっとイリスに言われて昨日のことを謝るために待ち伏せていたのだと思った。

　けれどアークは見違えるほどの装《よそお》いをするクロネリアに戸惑い、睨《にら》みつけた。

「そ、そうか。お前はやっぱり……わざと僕のサーベルに切られるようにしたんだな！　最初からそうやって兄上に泣きついてドレスを買ってもらうつもりだったんだ！」

「アーク様……」

あの一瞬でそこまで計算できたなら相当な悪女だが、そういう風に考えられなくもない。

「お母様と似たようなドレスをよくも……」

「それは……」

アマンダ御用達《ごようたし》のショップだったから、似たようなドレスなのはしょうがない。

「兄上にどんな呪《のろ》いをかけたんだ！　兄上を思い通りにして次は何を手に入れるつもりだ」

「アーク様……。私は呪いなど……」

「僕は騙《だま》されないぞ！　お前なんかに絶対謝るもんか！　ちょっと綺麗《きれい》なドレスを着たからって死神女は死神女だ。どんなに似合ってたって、似合ってるなんて言わないからな！」

アークは真っ赤になって吐き捨てると、逃《に》げるように行ってしまった。

「……」

またアークを怒《おこ》らせてしまったと落ち込んだクロネリアだったが……。

「似合っていると……思ったようでございますね」

ローゼは少し笑いを堪《こら》えながら呟《つぶや》いた。

「え？」

ローゼにはそんな風に聞こえたみたいだ。

しかしローゼはすぐに職務を思い出し、厳しい顔になって告げる。

「奥様に対してあのような態度はいけませんね。アーク様のことは私からイリス様に報告して厳しく注意していただきましょう」

「あ、いえ……大丈夫《だいじょうぶ》です。怒ってもいませんから報告もしなくていいです」

「報告もしなくていい？　なぜですか？」

「報告すれば、イリス様はアーク様を叱《しか》らなければなりません。叱る役目を背負わせて煙《けむ》たがられてはかわいそうです」

「かわいそう……？」

ローゼは目を丸くして聞き返した。

「ええ。だって、イリス様はあんなにアーク様を愛していらっしゃるのに」

ローゼは少し考えてから尋ねた。

「屋敷《やしき》では仲の悪いご兄弟だと思われているようですが。クロネリア様には、イリス様がアーク様を愛していらっしゃるように見えますか？」

クロネリアはローゼの問いに迷いなく答えた。

「ええ。とても」

ローゼはクロネリアの即答《そくとう》を聞いて、嬉《うれ》しそうに微笑んだ。

「ふふ。そうですね。その通りでございます」


「昨日とずいぶんドレスの雰囲気が変わったな。よく似合っている」

昨日までと違《ちが》い、公爵は部屋に入るとすぐに話しかけてくれた。

「あの……お側《そば》でお話ししてもよろしいでしょうか?」

「うむ。私ももっとあなたと話してみたいと思っていた。大きな声を出すのは疲《つか》れるから、側に来てくれるとありがたい」

クロネリアは枕元《まくらもと》に近付き、ドレスのスカートをつまみ朝の挨拶《あいさつ》をしてから告げた。

「このドレスはゆうべイリス様に買っていただいたのです」

「イリスが?」

公爵は驚いたように目を見開いた。

「あれがそんな気の利《き》いたことをするとは思わなかった。私もあなたがずいぶん粗末《そまつ》なドレスを着ているので気になっていたのだ。イリスは事実婚《こん》などと言って結納金《ゆいのう》も渡《わた》さなかったのかと思っていたのだが……」

クロネリアは恥《は》ずかしくなって俯《うつむ》いた。

「いいえ。イリス様は充分《じゅうぶん》な結納金をくださいました。私がきちんと支度《したく》をしてこなかったのでございます。すみません」

公爵は恐縮するクロネリアを見て、少し考えてから尋ねた。

「昨日の話で気になっていたのだが、あなたはなぜ想《おも》い合った人と結婚しなかったのだ？」

「それは……」

クロネリアは問われて、包《つつ》み隠《かく》さず今までの人生を話すことにした。

公爵と打ち解けるためには、クロネリアがまず正直に自分のことを話すべきだと思った。

結婚が決まっていたのに、突然《とつぜん》バリトン伯爵《はくしゃく》に見初《みそ》められてしまったこと。

父は伯爵に借金があり伯爵との結婚を受け入れるしかなかったこと。

その後二年間生きたバリトン伯爵を看取って戻ってみると、想い人は妹と婚約《こんやく》してしまっていたこと。そしてすでに次の看取り結婚が決まっていたこと。

今さら隠すことも、取り繕うこともない。

『看取り夫人』と呼ばれる自分が、今さら見栄《みえ》を張ったところで何が変わるわけでもない。

すべてを聞き終えた公爵は静かに呻《うめ》いた。

「なんと無体なことを……」

そんな風に言ってくれる人がいるだけで、クロネリアは救われる気がした。

「バリトン伯爵もなんと残酷《ざんこく》な申し出をしたことか。さぞ恨《うら》んでいるだろう？」

公爵に問われ、クロネリアは首を振《ふ》った。

「確かに……結婚当初は恨んだ日もありました。ですが、そのうち……今日も生きていてすまないと謝るようになったのです」

クロネリアは当時を思い出すように、くすりと笑った。

「毎朝、目を覚ますたびに、また生きてしまった、すまないと謝るのです。そのうち、なんだか私は可笑《おか》しくなってしまって。生きていることを謝らないでくださいまし、と言いました。どうかもう気にせず長生きしてくださいませ、と」

くすくすと笑いながら話すクロネリアに、公爵は目を見開いた。

「恨んでいないのか？　バリトン伯爵のことを。あなたの幸せな結婚を台無しにした張本人だというのに」

「ええ。伯爵は最後までお優しい方でした。私も……ある意味……本当の父のように愛していたのかもしれません……」

公爵は驚いた様子でさらに尋ねた。

「しかし……次のブラント侯爵《こうしゃく》のことは恨んだだろう？　ブラント侯爵は、私も知っているが気難しくて面倒《めんどう》な男だった。社交界に敵も多く、女性にはさらに辛辣《しんらつ》な態度だった」

「はい。最初は私のすることがすべて気に入らないようで、怒鳴《どな》られてばかりでした」

「うむ。そうだろう」

公爵は納得したように肯いた。

「ですが、ブラント侯爵様は怯《おび》えておいででした」

「怯える？　あの威張《いば》ってばかりの男が？」

公爵は目を見開いた。

「はい。自分は人に酷《ひど》いことばかりしてしまったから間違《まちが》いなく地獄《じごく》に堕《お》ちるだろうと」

「は！　自覚はあったのだな。だが今さら悔《く》いても遅《おそ》いだろう」

公爵は呆《あき》れたように言い放った。しかし。

「いいえ。私はまだ遅くはないと申しました」

「遅くはない？」

クロネリアは肯いた。

「はい。まだ生きているではないですか、と。命ある限り遅いことなど何もないのだと。悔いているのなら、一人一人お呼びになって謝ればいいと申しました」

「なんと。そのようなことを……」

「ブラント侯爵はそれから毎日のように親交のあった方々を呼んで謝り続けました。そうして二年が過ぎた頃《ころ》にようやく謝り終えたようです。その後はひたすら私に謝っておいででした。ですので私は『すまない』という言葉は聞き飽《あ》きたと申し上げました。どうせなら『ありがとう』と言って欲しいと。それからは、私が何かするたびにありがとうと言ってくださいました」

「うーむ……」

公爵は唸《うな》るように呟いてから、再び尋ねた。

「あなたのような女性なら、妻に欲《ほ》しいという男も大勢いるだろう？　このような老いぼれのところにおらず、良家に嫁げばいい。あなたの父上はなぜ、こんなところにまた嫁がせたのだ」

そんな風に考えてくれる父ならば、最初からバリトン伯爵と結婚させなかっただろう。

それに。

「私は社交界で『看取り夫人』と呼ばれているのです。そんな縁起《えんぎ》でもないあだ名のついた女性と結婚したがる若い男性がいるはずもございません。数多《あまた》の結婚の申し込みは、看取りを希望する方たちばかりでございます。この家から追い出されたら、私はまた次の看取り貴族に嫁ぐことになるでしょう。だからどうか、私のために長生きしてくださいませ、公爵様」

「……」

淡々《たんたん》と告げるクロネリアに、公爵は黙り込んだ。

憐《あわ》れな娘《むすめ》だと思っているのだろう。

それを否定するつもりはない。

そんな視線にいちいち傷ついていたら生きていられなかった。

自分の人生を諦《あきら》め、そして受け入れた。

この過酷《かこく》な運命の中にも、ささやかな幸せが残っているはずだと。

「あなたは不思議なお嬢《じょう》さんだ」

やがて公爵は観念したように告げた。

「あなたと話していると、自分が何に苦しんでいたのか分からなくなる。何にこだわって頑《かたく》なに心を閉ざしていたのか、バカバカしくさえ思えてしまう」

クロネリアは黙ったまま公爵を見つめる。

「そして、その思慮深《しりょぶか》い鳶色《とびいろ》の瞳《ひとみ》に見つめられると、洗いざらい正直に話してしまいたくなる。きっと……バリトン伯爵もブラント侯爵も同じような気持ちになったのだろう」

クロネリアは、ただ微笑んだ。

そして今は目の前の公爵が抱《かか》えるものを少しでも一緒《いっしょ》に背負ってあげられたらと思う。

「クロネリア、どうかアークのことを許してやって欲しい」

公爵はやせ細った手を伸《の》ばしてクロネリアに懇願《こんがん》した。

「アマンダが亡《な》くなった時、アークはまだ九歳だった。明るくておしゃべりで母親思いの優しい子だったのだ。大好きな母親を亡くしてから、急に神様なんていないと言い出した。いるのは意地悪な死神だけだと。そして人を疑うようになった」

「そうだったのですね」

クロネリアは、幼いアークの悲しみを想像して胸が痛んだ。

「イリスは母親代わりになろうと気にかけているようだが、却《かえ》って反感を買ってしまっているようだ。イリスも仕事が忙《いそが》しいのに弟の世話まで、面倒に感じていることだろう」

「面倒に……感じているでしょうか？」

クロネリアは首を傾《かし》げた。

悩《なや》んではいるだろうけど、面倒に感じているようには思えなかった。

「私は仕事人間だったくせに、アマンダが亡くなった途端《とたん》すべてに気力を失い、事業も領地の管理もすべてイリスに押し付けてしまったのだ。それだけでも迷惑《めいわく》に感じているだろうに、弟の世話まで押し付けるのかと不満に思っているはずだ」

「イリス様が？　公爵様に不満を持っているようには見えませんが……」

公爵に見えているイリスと、クロネリアの見ているイリスにはずいぶん隔《へだ》たりがあるように感じる。

「イリスのことはともかく、アークを意地悪で嫌《いや》な子だと思わないでやって欲しい」

「もちろんです。嫌な子だなどと、一度も思ったことはありません」

「けれどずいぶんあなたにひどいことをしているだろう？　今も……」

公爵はベッドの脇《わき》に立つクロネリアを見上げた。

「アマンダの椅子《いす》に座るなとアークが言ったから、あなたはそうやって一日中立っている。あれからこの部屋で一度も椅子に座ってないだろう」

「気付いていらっしゃったのですね……」

いつも出窓に頰杖《ほおづえ》をついて外の景色を眺《なが》めているか、公爵の話を聞く時はベッドのそばに立つか、床《ゆか》に膝《ひざ》をついて屈《かが》んでいた。

「アークも本気で言ったのではない。アマンダの椅子に座っていいのだよ」

「ありがとうございます。けれど大丈夫です。立ったままの方がイリス様に買っていただいたドレスが皺《しわ》にならないですから」

「イリスのことなど気にすることはない。気まぐれにしたことだ。あれは女性にも事務的な物言いばかりでそっけないのだ。仕事が忙しいから婚期《こんき》を逃《のが》したなどと言っているが、きっとご令嬢《れいじょう》たちに呆れられて振られているのだよ」

公爵はため息をつきながら言う。

「そんなことはありませんわ。イリス様は女性に好かれる方だと思います。きっとアーク様のために婚期を遅《おく》らせていらっしゃるのでは？」

「ふん。そんなはずはない。イリスはアークにも冷たい。怒ってばかりいるからアークも鬱屈《うっくつ》してあなたに意地悪をしたりするのだろう」

「イリス様は叱ってはおられますが、冷たいとは思いませんでしたが……」

公爵はイリスのことをずいぶん誤解しているように思えた。

「アークは最近笑ったこともない。アマンダがいた頃はよく笑う子だったのに」

それはクロネリアも思っていた。アークの笑顔を見てみたいけれど、公爵家に来てから一度も見ていない。笑えばきっと天使のように可愛《かわい》いだろうに。

「アークは……何をすれば喜ぶのだろうか……」

公爵は思い悩んで尋ねた。

「アーク様が喜ぶこと？」

「私は子育てをすべてアマンダに任せていたので、どうすればアークが喜ぶのか、見当もつかないのだ。できることなら喜ばせてやりたい」

「アーク様を喜ばせればいいのですね？　簡単ですわ」

クロネリアは肯いた。

「あなたにはアークが喜ぶものが分かるのか？」

あっさり答えるクロネリアに公爵は目を丸くする。

「ええ。お任せください」

クロネリアは自信たっぷりに微笑んだ。

やがて夕方になると、アークが宮廷《きゅうてい》学院から戻っていつものように公爵の部屋に駆《か》け込んできた。

「お父様！　大丈夫だった？　死神女に意地悪されてない？」

いつも通りに言って部屋に入ると、そのまま驚いた顔で立ち止まった。

「お父様……」

「おかえり、アーク」

公爵はベッドに起き上がり、トレイにのせられた軽食を食べながら答えた。

「お父様！　起き上がって大丈夫なの？　食事ができるの？」

「ああ。今日はずいぶん気分がいい。お腹《なか》が空いて仕方がないからゴードに言って簡単な食事を作ってもらった。お前も食べるかい？」

アークは大きな目を潤《うる》ませ、ベッドのそばに駆け寄った。

「ううん。ううん。僕はお腹いっぱいだから、お父様がたくさん食べて。そして病気なんかやっつけちゃって」

「うむ。私の食欲に驚いて病気が逃げていったようだ」

「本当に？　良かった。良かったあ」

ぽろぽろと涙《なみだ》を溢《あふ》れさせて、アークは公爵に縋《すが》りつく。

公爵はそんなアークの髪をそっと撫《な》ぜた。
クロネリアは窓際《まどぎわ》に立ったまま、その様子を微笑んで見ていた。
クロネリアが公爵に頼《たの》んだのは簡単なことだった。
少し無理をしてでも元気なふりをして見せてあげること。
死を前にして希望を失ったり、喪失感《そうしつ》や罪悪感に心を支配されて視野が狭《せば》まったりして
いると、不思議なほど当たり前なことが見えなくなる。
内に内にと心が沈《しず》んでいって、自分を大事にできなくなる。
そして、自分を大事にできなくなると、自分を喜ばせる気にもならなくなる。そうして
気付けば他人が何をすれば喜ぶのかも分からなくなってしまうようだ。
母も、前夫二人も、本来簡単なことをわざと捻《ね》じ曲《ま》げて難しくして悩み苦しんでいた。
クロネリアにはなんの能力もないけれど、何も持たない若い娘だからこそ、余計なもの
に邪魔《じゃま》されることなく単純な答えに辿《たど》り着《つ》けるのかもしれない。
「アーク。私はどうやら看取り夫人の神のご加護で元気になったようだ」
公爵はまだ縋りついて泣いているアークに告げる。
クロネリアは驚いて公爵を見た。こんな話をするとは聞いていなかった。
「神のご加護？」
アークは幼い顔を上げた。

「彼女は死神などではなかった。私の寿命《じゅみょう》を延ばすために来てくれたのだよ。今の私を見れば分かるだろう？　彼女が来てから、私は元気になっただろう？」

アークは戸惑うように窓際のクロネリアを見た。

「もう彼女を死神などと呼ばないで欲しい。私の命の恩人なのだから」

アークは気まずそうに視線を落とす。

「そしてどうかアマンダの椅子に座ることを許可してやってくれないかな？」

アークははっとして、窓際に立ったままのクロネリアに今さら気付いて目を丸くした。

「お前に座るなと言われてから、私が許可しても座ってくれようとしないのだよ。一日中立ったまま私の話を聞いてくれているのだ」

アークは申し訳なさそうに顔を歪《ゆが》めた。

「彼女に座ってもいいと言ってくれないかな？」

アークはぐしぐしと涙を拭《ふ》いてクロネリアの方に歩いてきた。

そしてクロネリアの前に立って尋ねる。

「お父様を元気にしてくれる？」

クロネリアは少し悩んでから答えた。

「元気になって頂けるよう精一杯《せいいっぱい》お仕えしたいと思っています」

「毒を飲ませたりしない？」

クロネリアは驚いて、ぶるぶると首を振った。

「そんなことするわけがありません！」

小さな貴公子はようやく納得したのか、クロネリアに手を差し出した。

クロネリアが戸惑うようにその手を見つめ、アークは少し照れたように告げる。

「お母様の椅子に座っていいよ。クロネリアだけ許す」

クロネリアが驚いた顔で公爵を見ると、微笑みを浮《う》かべて肯いている。

クロネリアは信じられない思いで、その小さな手をとった。

不安と孤独《こどく》に押しつぶされそうになりながら必死に戦う、小さな柔《やわ》らかい手だった。

「ありがとうございます、アーク様」

「ぼ、僕は、本当は女性には優しいんだ。騎士《きし》の流儀《りゅうぎ》だからね」

アークは胸を張って言うと、クロネリアの手を引いてアマンダの椅子に座らせてくれた。

そして……。

「今まで意地悪をして……悪かったよ。……ごめんなさい」

顔をそむけたままぽつりと謝るアークが可愛い。

耳まで赤くなって俯いている。

「初めて会った時からなんて素敵な小公子様かと思っていました」

クロネリアが言うと、アークの耳がますます赤くなる。

素直《すなお》になったアークは、思った通り天使のように可愛かった。

七、宮廷学院の参観ティーパーティー

公爵《こうしゃく》家の重厚《じゅうこう》な馬車が王都を走っていた。

「私などが行っても本当によいのでしょうか？」

馬車の中には黒いフロックコートの正装をしたイリスと、宮廷《きゅうてい》学院の制服を着たアーク、そして先日イリスに買ってもらった紫《むらさき》のドレスを着たクロネリアが座っていた。

これから三人で、王宮のルーベリア宮廷学院で催《もよお》される参観ティーパーティーに行くところだった。

「うむ。アークがクロネリアも連れて行きたいというのでな」

クロネリアは最初公爵のお世話をするからと断ったのだが、その公爵が「アークのためにも行ってやって欲しい」と言ったので請《う》け負《お》うことにした。

隣《となり》に座るアークは、もじもじと俯《うつむ》いている。

「ジェシーが……。ジェシーが連れて来いって言うから……」

「ジェシーに言われたからといって何でも言うことを聞かなくてもいいだろう」

イリスは腕《うで》組《ぐ》みをして高圧的に言う。なぜか今日は不機嫌《ふきげん》なようだ。

クロネリアが行くのが不満なのだろうかと、様子を窺《うかが》ってみるがよく分からない。

イリスは両親に代わって厳しくしつけなければと思っているせいか、アークの前では必要以上に冷たい態度になってしまうようだ。

「ジェシーに言われたからってだけじゃないよ。僕も来て欲しいと思ったから……」

「クロネリアに来て欲しいと？　お前が思ったのか？」

すぐにアークは真っ赤になった。

「ち、違《ちが》うよ！　最後にみんなで母親に花束をプレゼントすることになっているんだ。僕だけ兄上じゃあ恰好《かっこう》がつかないから……クロネリアに来てもらおうかと思っただけだよ！」

アークは慌《あわ》てて訂正《ていせい》した。

「ふーん。いつの間にかずいぶんクロネリアに懐《なつ》いたようだな。先日は剣《けん》で脅《おど》すようなまねまでしたというのに」

「そ、そのことはちゃんと謝ったよ！　そうだよね、クロネリア」

「はい。謝っていただきました」

イリスは肯《うなず》き合うクロネリアとアークを交互《こうご》に見つめて、不機嫌を深めている。

そしてさりげない調子でこほんと咳払《せきばら》いしてから言う。

「アーク、クロネリアの隣ではドレスが邪魔《じゃま》になるだろう。私の隣に座ってもいいぞ」

その言葉を聞いて、クロネリアにはイリスの不機嫌の理由が分かった気がした。

最近分かってきたのだが、イリスが咳払いした後の言葉には、ほんの少しだけ本心が滲《にじ》み出《で》ている。どうやらアークが馬車に乗る時、迷わずクロネリアの隣に座ったことが気に入らなかったらしい。

それでさっきから不機嫌な様子だったのだ。

素直《すなお》に隣においでと言えばいいのに、相変わらず愛情表現が不器用な人だ。

「ううん。ここでいい」

「！」

アークにあっさり断られてショックだったのか、イリスが恐《おそ》ろしい顔になっている。

イリスの射殺しそうな目つきにおののいて、アークはしゅんと俯いてしまった。

（そんな怖《こわ》い顔をしてはアーク様に誤解されてしまうばかりなのに……）

でもここでクロネリアが「隣に座って欲しいだけですよ」などと言ってしまうと、ますますイリスは誤魔化《ごまか》すために恐ろしい顔をしてアークを威嚇《いかく》してしまいそうだ。

もどかしいけれど、クロネリアには黙《だま》っていることしかできない。

（でも……。ふふ。なんだか……可愛《かわい》い……）

アークも可愛いけれど、イリスの不器用さも分かっている者には可愛く思えてしまう。

「何がおかしい？」

つい、にやけてしまったクロネリアを、まだ怖い顔のままのイリスが睨《にら》みつけた。

分かっていてもイリスに恐ろしい目で睨まれるとびくりとしてしまう。

「い、いえ。なんでもありません」

こうしてイリスの怖い顔にクロネリアとアークが凍《こお》り付《つ》いている間に、馬車は王宮に辿《たど》り着《つ》いた。


「これが王宮……」

クロネリアは初めて見る王宮の壮大《そうだい》さに目を見張った。

公爵家にも驚《おどろ》いたけれど、王宮は信じられない広さだった。

宮殿《きゅうでん》は尖塔《せんとう》を重ねた美しい城で、教会やサロン専用棟《とう》などもあるようだ。

周りには兵舎が連なり、衛兵が各所に立っていた。

執事《しつじ》やメイドの他に役職を持つ貴族の出入りも多く、馬車が行《い》き交《か》っている。

宮廷学院は、宮殿から少し離《はな》れた場所に建つ白亜《はくあ》の建物だった。

すでに他の生徒の保護者たちも到着《とうちゃく》しているらしく、馬車から降りる華《はな》やかな人々で溢《あふ》れかえっていた。

クロネリアはイリスに買ってもらった豪華《ごうか》すぎるドレスで浮《う》いてしまわないだろうかと心配していたのだが、むしろ地味なぐらいだった。

父親らしき男性たちは金刺繍《ししゅう》のフロックコートを着こみ、髪《かみ》や髭《ひげ》を巻いている人もいる。

母親たちは競《きそ》うようにドレスを膨《ふく》らませ、頭には大きな花飾《かざ》りのついたボンネットを被《かぶ》ったり、フリルに覆《おお》われたパラソルをさしたりしている人もいた。

参観は庭園で催されるらしく、すでに保護者用のテーブル席が庭園を取り囲むようにセッティングされていた。

それぞれのテーブルに給仕《きゅうじ》がついていて、ウェルカムドリンクを運んでいる。

参観というより、庭園パーティーのような雰囲気《ふんいき》だ。

「スペンサー公爵様のお席はこちらでございます」

馬車から降りると執事が席に案内してくれて、真っ白なテーブルクロスに花が飾られた席に着いた。

「すぐにお飲み物をお持ち致します」

それぞれのテーブルに両親と生徒の三人が座り、給仕が世話をしている。

これは確かに両親が揃《そろ》っていないと肩身《かたみ》が狭《せま》いかもしれない。

アークがクロネリアに来て欲しいと思ったのも分かる気がする。

隣のテーブルに座る男の子は少し甘えん坊《ぼう》のようで、自分の席にも座らずずっと母親に縋《すが》りついて甘えている。

「お母様。僕、ダンスがうまくなったんだよ。よく見ていてね」

「はいはい。どれだけ成長したのか楽しみね」

母親は優《やさ》しく男の子の頭を撫《な》でている。

アークは横目でそれを羨《うらや》ましそうに見ていた。

きっとアマンダが生きていた頃《ころ》は、アークも同じように甘えていたのだろう。

ふとその隣を見ると、イリスがそんなアークに手を伸《の》ばそうとしている。

（アーク様の頭を撫でてあげようと思っているのかしら）

しかしアークがイリスの方に顔を向けると、慌てて手を引っ込めてしまった。

そして何事もなかったように、どちらかというと怖い顔でアークを見返す。

アークはぎょっとして、戸惑《とまど》うように俯いた。

（本当に不器用な方のようだわ……）

イリスの溢れんばかりの愛情が、さっぱりアークに伝わっていない。

それどころか動揺《どうよう》を隠《かく》すために、嫌《きら》われていると誤解されるほど怖い顔になっている。

けれど黒髪《くろかみ》を編んで片側に垂らした美しい貴公子は、やはり女性に人気のようだった。

イリスの席にはひっきりなしに他の生徒の母親が話しにやってくる。

「イリス様。お久しぶりでございます。いつも娘《むすめ》がアーク様の話ばかりしていますのよ」

女生徒の席は庭園の反対側だというのに、わざわざ挨拶《あいさつ》をしにきたようだ。

「イリス様。実は私には妹がいまして。是非《ぜひ》ともイリス様に紹介《しょうかい》して欲しいと申しますのよ。一度我が家のお茶会に来ていただけないかしら？」

この場で縁談《えんだん》の仲介《ちゅうかい》をしようとする人もいる。

「イリス様。今日は主人が仕事で来ることができず、姪《めい》っ子を連れてきましたの。ご紹介しますわ」

直接このチャンスに本人を引き合わせる人までいた。

独身の公爵子息ということもあるが、やはりイリスとの結婚《けっこん》を望む女性は多いようだ。

公爵はイリスがもてないようなことを言っていたが、そんなことはなかった。

イリスも少し事務的だが、気品に満ちた笑顔《えがお》で返している。

アークはその様子を眺《なが》めながら、ちょっと寂《さび》しそうにしていた。

「アーク様」

クロネリアはそんなアークに話しかけた。

「ところでジェシー様というのはどの方なのですか？」

しょっちゅうアークの話題に出てくるジェシーだったが、どの子なのか分からない。

みんな家族のテーブルで歓談《かんだん》していて、遠くのテーブルはよく見えなかった。

「ジェシーならあそこだよ」

アークは庭園の先の五段ほどの階段の上に広く置かれたテーブルを指差した。

そこだけテーブルが三つも置かれて、両親ばかりか祖父母らしき人々までいる。

そして執事と給仕の数も別格に多い。衛兵も階段の上と下に数人ずつ配置されていた。

その真ん中のテーブルに長い銀髪《ぎんぱつ》の少年が座っている。

「え？　あの方がジェシー様？」

どう考えても特別な待遇《たいぐう》を受けているあの人たちは、もしかして。

「うん。ジェシーはルーベリアの王子だよ」

「お、王子様……」

まさかクロネリアの人生で、本物の王子様に会える日が来るとは思わなかった。

その王子様とアークはどうやら親友らしい。

「僕はいつか騎士《きし》団に入って武勲《ぶくん》をたてて、ジェシーの近衛《このえ》騎士団の団長になるんだ」

アークは目を輝《かがや》かせて言う。どうやらそれがアークの夢らしい。

「後で模造剣を使った剣術《けんじゅつ》演技をやるけれど、僕は学院で一番上手だって言われているんだよ。実戦でだって学院の誰《だれ》にも負けないんだ」

アークはちょっと得意げに胸を張った。その様子が可愛い。

「アーク様は運動が得意なのですね」

「学院にいる間の護衛騎士は僕に任せるってジェシーにも言ってもらったんだ。僕がいつも一番近くでジェシーを守ってるんだ」

ごっこ遊びが楽しい年頃《としごろ》だが、アークたちの王子様と護衛騎士ごっこはリアルに本職へつながるのだ。本格的なごっこ遊びで将来の練習をしているのだろう。

「それでいつもサーベルを脇《わき》に差していらっしゃるのですね」

「うん。でも……今は兄上に取り上げられてしまっているけど」

アークの腰《こし》は今は何も佩《は》いていない。

クロネリアのドレスを破いた件で取り上げられたままなのだ。

「そうでしたね……」

しょんぼりと話すアークをなんとかしてあげたい。

やがてラッパの音と共に参観が始まった。

「皆様《みなさま》、お席に着かれたようですので参観ティーパーティーを始めさせて頂きます」

ルーベリア宮廷学院の院長が開始を告げる。

「学院の生徒のみなさんは本部席にお集まりください」

司会役を務める執事のアナウンスで、生徒たちが家族のテーブル席を名残惜《なごりお》しそうに見ながら本部席に向かう。

「じゃあ、行ってくるね」

アークは椅子《いす》からぴょんと飛び降りると、イリスとクロネリアにそう告げて行ってしまった。

すぐに本部席の横に並んだオーケストラの生演奏が始まり、庭園の真ん中が舞踏会《ぶとう》の大広間となって、学院の生徒たちが男女のペアを組んで優雅《ゆうが》に進んでくる。

子ども舞踏会の始まりだ。

小さな紳士《しんし》、淑女《しゅくじょ》たちが可愛いステップを踏《ふ》んでダンスを披露《ひろう》する。

「可愛い……」

クロネリアは思わず呟《つぶや》いた。

学院の制服を着て、女の子はつんと顔を上げスカートの両端《りょうはし》をつまみ、男の子は胸に手を当てて紳士の挨拶をして、ちょっと得意げに踊《おど》っている。中でもアークのダンスは目を引く美しさだ。

王子のジェシーも格別の貫禄《かんろく》のようなものがあって注目を浴びている。

「舞踏会に行ったことはないけれど、こんな感じなのですね。なんて素敵《すてき》なのかしら」

クロネリアが言うと、イリスは少し驚いたように尋《たず》ねた。

「舞踏会に行ったことがない？」

イリスの周りでは十八にもなって舞踏会に行ったこともない女性などいないのだろう。

「私は社交界にもデビューしないまま、十三で嫁《とつ》ぎましたので……」

「結婚してからでも夫と共に舞踏会に来る人も多いが……そうかあなたは……」

イリスは言いかけて口を噤《つぐ》んだ。

続く言葉はだいたい分かっている。

あなたは寝《ね》たきりの老人に嫁いだ看取《みと》り夫人でしたね、だろうか。

寝たきりの夫を置いて舞踏会に行けるはずもない。

一生行くこともない場所だった。

「舞踏会も音楽会もサロンのお茶会も……一度も行けませんでした」

「……」

イリスは言葉を失《な》くしたように黙っていた。

「けれど、こうしてアーク様のおかげで雰囲気を味わうことができました。しかも王宮の庭園でなんて夢のようですわ。連れてきてくださってありがとうございます」

クロネリアは本当に嬉《うれ》しかった。

「いや……私はなにも……アークが言い出したことだ」

「いいえ。イリス様が買ってくださったドレスがあったから参加できたのですわ。きっと今日のことは一生忘れません。この思い出があるだけで私の人生は幸せです」

「あなたは……」

イリスは何かを言いかけて、結局口を噤んだ。

「あ、見てくださいませ。次は剣術演技みたいですわ。アーク様も出るそうです」

クロネリアは夢中で参観を楽しんだ。

途中《とちゅう》で休憩《きゅうけい》をはさみ、生徒は保護者のテーブルに戻《もど》りお茶会のようなものまであった。

給仕がお菓子《かし》と軽食を運び、ポットでお茶を淹《い》れてくれる。

お茶会のテーブルマナーもまた、学院で習うことの一つだった。

それらの成果を年に一度の参観で保護者に全部見てもらうようになっているのだ。

その後は全員での楽器の演奏や、女の子たちによるダンスの披露などがあって、最後に母親に生徒から感謝を込《こ》めてバラの花束を贈《おく》って参観ティーパーティーは締《し》めくくられる。

「お母様、いつもありがとう」

みんながそう言って母親に花束を渡《わた》す中で、アークはクロネリアに花束を差し出した。

「今日は来てくれてありがとう、クロネリア」

きっとみんなと同じように母であるアマンダに渡したかったことだろう。

「この花束は公爵様のお部屋に飾りましょう。アーク様の立派なお姿は、まるで参観に実際に来ていたと錯覚《さっかく》するぐらい、公爵様に詳《くわ》しくお話しさせて頂きますね」

アークは少しはにかんだように微笑《ほほえ》んだ。

「父上も喜ばれるだろう。良かったな、アーク」

隣に立つイリスはそう言って、アークの頭を撫でようと再び手を伸ばす。

しかしそのイリスの手が届く前に、背後から声がかかった。

「その女が看取り夫人か！」

はっと驚いて振《ふ》り返《かえ》ると、王子のジェシーが腕《うで》を組んで立っていた。

その後ろにはお付きの衛兵たちと執事がいる。

王子ともなると、身軽に一人で動くこともできないようだ。

「お前の噂《うわさ》は聞いているぞ。アークの兄上をたぶらかし、今度はアークまで丸め込んだようだな。このまま公爵家を乗っ取るつもりだろう」

「ジ、ジェシー、僕は丸め込まれてなんかいないったら……」

アークが慌てて弁解している。イリスも困ったように反論する。

「ジェシー殿下《でんか》、私はたぶらかされてもいないし、公爵家を乗っ取るなんて、彼女にできるはずもございません。ご心配には及《およ》びません」

イリスも王子相手に事を荒立《あらだ》てないように言う。

「たぶらかされている者がたぶらかされていると気付くはずがないだろう」

王子は大人のイリスに対しても堂々と言い返す。

自分がどういう存在なのか幼いながらもちゃんと分かっているのだ。

「未来の王になる者として、大切な臣下が不幸になるのを黙って見過ごすわけにはいかない。女よ、何を企《たくら》んでいるのかこの場ではっきりさせるがよい」

ジェシーはクロネリアを指差し、仰々《ぎょうぎょう》しい口調で告げた。

自分の身分を自覚して、それを示してみせたい年頃なのかもしれない。

帰《かえ》り支度《じたく》を始めていた他の保護者たちが、何事かと立ち止まって注目している。

クロネリアの耳に、貴族たちのこそこそ話す声が聞こえてきた。

「まあ、あれが噂の看取り夫人でしたの?」

「イリス様と一緒《いっしょ》におられる女性は誰かと思っていましたけど」

「縁戚《えんせき》の方かと思っていましたわ。まさか看取り夫人だったなんて」

「あんなに若い女性でしたのね。あの方と結婚すると寿命《じゅみょう》が縮まるのでしたっけ?」

「結納金《ゆいのう》で稼《かせ》いだあとで、遺産まで奪《うば》おうと訴訟《そしょう》を起こしていると聞きましたわ」

想像していたこととはいえ、やはりそんな風に思われているのかと思うと悲しい。

そして何より、そんな怪《あや》しい女にイリスとアークが騙《だま》されていると思われているのが申し訳ない。

こんな時、何を言えばいいのだろう。

クロネリアにできることは、ただ正直に自分の胸の内を話すことだけだ。

「さあ! 王子である私に白状するがいい!」

高飛車に告げるジェシーの前に、クロネリアは跪《ひざまず》いた。

クロネリアの行動に人々がどよめき、ジェシーはますます高圧的に見下ろす。

恐ろしい罪でも白状するのだろうかと、クロネリアの周りに人だかりができていた。

「クロネリア……」

イリスとアークが心配そうに声をかけてくれる。

クロネリアは二人に申し訳ない顔で肯き、静かに口を開いた。

「この場で王子様にお誓《ちか》い致《いた》します。私がスペンサー公爵様の害になると思われれば、いつでも出ていくことをお約束致します。そして公爵家の遺産を一ルーベルたりとも受け取らないと宣言致します。私に疑わしい行動があれば、捕《と》らえてくださって構いません」

「！」

ジェシーは驚いたようにクロネリアを見つめた。

「その代わり……どうかもう少しだけ……、公爵様のお世話をすることをお許しください。王子様の大切な臣下となられるアーク様を不幸にするようなことは致しません。だからどうか……お願い致します」

深い鳶色《とびいろ》の瞳《ひとみ》で見つめ返すクロネリアに、ジェシーは動揺を浮かべる。

「わ、私に誓うというのだな？　多くの者が見て、聞いていたぞ！　もしもその言葉に嘘《うそ》があれば王宮の兵がすぐに捕らえてやるぞ！　いいのだな？」

半分脅すような口ぶりで言い返す。

しかしクロネリアは、そんな言われ方にも慣れていた。

父もガーベラも、前夫の夫人たちも、クロネリアを追《お》い詰《つ》め断罪するようなことしか言わなかった。いつだってぎりぎりのところで生きてきた。

もうクロネリアには失うものなんて何もないのだ。

精一杯《せいいっぱい》やって、それで捕らえられたなら仕方がないと達観している。

クロネリアは悲しいような微笑《びしょう》を浮かべ答えた。

「はい。構いません。王子様のお心のままに……」

「！」

ジェシーは堂々と答えるクロネリアを呆然《ぼうぜん》と見つめていた。

しんと静まる庭園に、ふいに高笑いが響《ひび》いた。

全員が驚いて笑い声の主を見る。

「ははは。ジェシーよ。参観の最後に中々面白《おもしろ》いショーを見せてくれたな」

「父上……」

それはジェシーの父、ルーベリアの国王だった。

近付いてくる王を見て、その場の全員が跪く。

「なるほど、あなたが噂の看取り夫人であったか」

王はクロネリアを見て微笑んだ。

「ジェシーはずいぶん偏《かたよ》った噂を聞いていたようだが、私はブラント侯爵《こうしゃく》が亡《な》くなる直前に会った者に話を聞いている。あの偏屈《へんくつ》な侯爵がずいぶん改心して、妻に感謝していたと。余命を三年も延ばした不思議な女性だと。何か余命を延ばす魔法《まほう》でもあるのなら、私も是非とも看取ってもらいたいものだが」

クロネリアは慌てて首を振った。

「いえ。私には余命を延ばすような力はございません、陛下」

「うむ。だが少なくとも、ブラント侯爵は恨《うら》まれていた相手に謝罪と弁済をして、ずいぶん身辺を綺麗《きれい》にして旅立ったようだ。私の臣下があなたによって多く救われたのは事実だ。礼を言うぞ、看取り夫人」

クロネリアは驚いた。まさか王に礼を言われるとは思っていなかった。

「父上……」

ジェシーは父が看取り夫人を認めたことで泣きそうになっている。

このままではクロネリアを責め立てたジェシーが悪者のようになってしまう。

王子といっても、まだアークと変わらぬ歳《とし》の子どもだ。

クロネリアは思わず答えていた。

「恐れながら、陛下。私は、王子様がスペンサー家のご家族をどれほど大切に思ってくださっているのかを知り感動致しました。臣下を思う王子様の尊いお言葉に感銘《かんめい》を受け、私はより一層、公爵様に誠心誠意お仕えしようと決意を新たにできたのでございます」

ジェシーは驚いた顔でクロネリアを見た。

そして、王はジェシーの様子に気付いたように「ふむ」と肯く。

「確かにアークを思うそなたの気持ちも尊いな、ジェシーよ」

王は告げて、ジェシーの頭をくしゃりと撫でた。

「！」

ジェシーはすぐに顔をほころばせ、一瞬《いっしゅん》にして場が和《なご》やかになった。

拍手《はくしゅ》がおこり、あちこちで聡明《そうめい》な王の裁可を讃《たた》える声が飛び交う。

（さすがは王様だわ。誰も傷つかないように丸く収めてしまわれた）

どうなることかと思ったけれど、無事に危機は乗り切ったようだ。

「良かった。クロネリア。国王陛下に褒《ほ》められるなんてすごいよ」

アークがクロネリアのそばにやってきて、嬉しそうに微笑んだ。

「アーク様こそ、私を庇《かば》ってくださってありがとうございます。イリス様も……」

クロネリアはほっとした顔で、アークの隣に立っているイリスを見上げた。

「い、いや、私は事実を言っただけだ。君を庇ったわけではない」

イリスは相変わらずそっけない答えを返す。

けれど、その言葉の裏にある温かさをクロネリアはもう知っている。

「いいえ。ありがとうございます、イリス様」

礼を言うクロネリアに戸惑うようにイリスは目をそらし、こほんと咳払いをした。

こうして、参観ティーパーティーは王が綺麗に締めくくって散会となったのだった。

八、サロンの音楽会

参観ティーパーティーの後、イリスとはしばらく仕事が忙《いそが》しくてほとんど会うこともなかったが、アークとはずいぶん打ち解けるようになった。

「ただいま、お父様、クロネリア。今日は学院で馬に乗ったんだよ！」

宮廷《きゅうてい》学院から帰ると、一目散に公爵《こうしゃく》の部屋に駆《か》け込み、その日あったことを報告してくれるようになっていた。

「そうか。アークも馬に乗る歳《とし》になったか」

公爵は、午前中は横になっているがアークが戻《もど》る頃《ころ》にはベッドの上に起き上がり、少し元気なふりをして出迎《でむか》えるのを日課にするようになった。

不思議なもので無理をしてでも起き上がる時間を作って一日のリズムを作ると、食欲も出てきて顔色も良くなってきた。時折痛みを訴《うった》えることもあるが、それ以外の時間は以前より明らかに元気そうで、時には笑い声をたてることもある。

「ジェシーはすごいんだよ。五歳の頃から馬に乗っていて、馬を走らせて小さな柵《さく》を飛《と》び越《こ》えたりもできるんだって」

「うむ。いずれ立派な国王になられるだろう。しっかりお仕えしなさい」

公爵はアークの頭を撫《な》でる。

クロネリアはその様子をいつもアマンダの椅子《いす》に座って微笑《ほほえ》ましく見守っていた。

「そうだ。クロネリアに渡《わた》すものがあったんだ」

ふとアークが言って、クロネリアのそばにやってきた。

「なんでしょうか？」

クロネリアは首を傾《かし》げた。

「ほら、これだよ」

アークは懐《ふところ》から手紙を取り出してクロネリアに渡した。

「手紙？　誰《だれ》からでしょう？」

「ジェシーだよ。クロネリアに渡してくれって」

「まあ。王子様から？」

王子から手紙をもらうなんてことが自分の人生にあるとは思わなかった。

「なんでしょうか？　開けてみますね」

クロネリアは封蝋《ふうろう》に王子の刻印までされた仰々《ぎょうぎょう》しい手紙を開いた。

『親愛なる看取《みと》り夫人殿《どの》
先日はあなたを疑い、失礼した。許してくれ。

我が未来の忠臣アークと、その父上をよろしく頼《たの》む。

『ルーベリア国　第一王子　ジェシー・フォン・ルーベリア』

幼いながらも未来の王としての自覚に満ち満ちた手紙が微笑ましい。

「ジェシー殿下は私がここに居ることを許してくださったのですね」

「うん！　ジェシーはすごいでしょ？　かっこいいでしょ？」

アークはジェシーのことを心から尊敬して慕《した》っているのだ。

「ええ。ご立派な王子様ですね。この手紙は私の一生の宝物です。ありがとうございます、アーク様」

「へへ。ジェシーが味方になったからもう何も心配いらないよ、クロネリア」

アークは嬉《うれ》しそうに微笑んだ。笑顔《えがお》のアークはまさに天使だ。

「ねえ、アーク様」

クロネリアはたまらず尋《たず》ねた。

「お礼の気持ちを表したいのですが……頭を撫でてもいいですか？」

「！」

ずっとこの愛らしい天使に触《ふ》れて頭を撫でてみたかった。

アークは驚《おどろ》いた顔をしてから、じわじわと真っ赤になっていく。

「ぼ、僕はもう頭を撫でてもらって喜ぶような子どもじゃないけど……」

少し口を尖《とが》らせて大人ぶって言う。

「だめですか？」

クロネリアが残念そうに言うと、アークは慌《あわ》てて告げる。

「だ、だめとは言ってないよ。クロネリアがどうしてもって言うなら撫でてもいいよ。で、でも、僕が頼んだわけじゃないからね」

クロネリアは微笑んだ。

「はい。私が頼んだことです。では、失礼して……」

クロネリアはそっと手を伸《の》ばし、アークのふわふわの薄茶《うすちゃ》の髪《かみ》を撫でた。

ついでにぷっくりとした愛らしいバラ色の頬《ほお》まで撫でてみる。

怒《おこ》られるかと思ったけれど、アークはそのままそっとクロネリアの肩《かた》に顔をうずめる。

クロネリアはそんなアークをぎゅっと抱き締《だし》めた。

アークはまったく嫌《いや》がらなかった。

きっとこんな風にアマンダにいつも抱き締められていたのだろう。

自分ではアマンダの代わりになどなれないだろうけど、少しでもその寂《さび》しさが癒《いや》されるなら、できる限り抱き締めてあげたいと思った。

公爵はその様子を、目を細めて嬉しそうに眺《なが》めている。

ちょうどその時だった。

「父上、失礼します」

仕事から帰ってきたイリスがドアを開け、アークを抱き締めるクロネリアを見て目を見開く。アークが母以外に抱き締められるままにしているのを初めて見たのだ。

慣れた侍女《じじょ》が抱き締めるのすら、いつも迷惑《めいわく》そうにしているアークだった。

「どうした、イリス?」

公爵が声をかけ、アークは照れたようにクロネリアから離《はな》れた。

「あ、いえ。起き上がって大丈夫《だいじょうぶ》なのですか? 父上」

イリスはベッドの上に起き上がっている公爵にも目を丸くした。

アークが学院から帰った時だけ起き上がっているため、イリスが部屋でその姿を見るのも初めてだった。

「お父様はクロネリアが来てから元気になったんだよ。クロネリアが神のご加護でお父様の病気を治してくれたんだ」

アークは公爵が無理をして起き上がっていることを知らず、本当にクロネリアに神のご加護があるのだと信じてしまったようだ。

「いえ、アーク様。私にそのような力は……」

少しばかり食欲は戻ったかもしれないが、病気を治したりできるはずもない。

「だが……確かに以前よりずいぶん顔色が良くなられた。ゴードからも最近は食事を少しずつ摂《と》るようになられたと聞いています」

イリスは用がないと公爵の部屋を訪ねてこないのだが、執事《しつじ》長やローゼからの報告はこまめに聞いているようだった。

「それで、今日は何の用だ？」

公爵はアークに対するのと違《ちが》い、堅苦《かたくる》しく尋ねた。

そっけないイリスも問題だが、用がないと訪ねてきてはいけないような雰囲気《ふんいき》を出している公爵も問題だった。親子なのにどこかよそよそしい。

「いえ……その……」

イリスは珍《めずら》しく少し口ごもってクロネリアを見た。

「？」

首を傾げて見つめ返すクロネリアから慌てて視線をはずすと、イリスは公爵に告げる。

「その……一日だけクロネリアをお貸しいただけないかと思いまして……」

「クロネリアを？」

公爵は驚いたように目を見開く。

「いえ、その……。たまたまサロンの音楽会に誘《さそ》われまして。少し懇意《こんい》にしておきたい伯《はく》爵《しゃく》の主催《しゅさい》ですので参加しようと思うのですが……」

「音楽会？　お前が珍しいな。サロンの集まりは面倒《めんどう》なんじゃなかったのか？」

「それはそうなのですが……。大事な商談相手なので……たまには行ってみようかと」

イリスにしては歯切れの悪い話しぶりだ。

「それでクロネリアを連れていくと？　音楽会は一人でも別にいいだろう？」

「そ、それが、伯爵が話題の看取り夫人に会ってみたいと言われたので……その……」

「クロネリアを見世物にするつもりか？　そんなことをしてまで商談を成功させたいのか！」

公爵は憤《いきどお》って答える。その拍子《ひょうし》にどこか痛んだのか、胸をおさえた。

「お父様！　大声出しちゃだめだよ」

アークが慌てて公爵に駆け寄る。そしてきっとイリスを睨《にら》んだ。

「お父様を怒らせないでよ！　兄上のせいでまた病気が悪くなるよ！」

「……」

イリスはいつもの怖《こわ》い顔になって黙《だま》り込んだ。

クロネリアは慌てて告げる。

「私なら全然構いません。それでイリス様のお仕事がうまくいくなら、喜んでお供致《いた》します。サロンの音楽会なんて……初めてなので嬉しいですわ」

「だがあなたのことを見世物のように思っている相手だ。イリスのためにあなたが傷つくことなんてない」

「そうだよ。断っていいよ、クロネリア」

公爵とアークが言う。すっかりイリスが悪者みたいになってしまっていた。

「いいえ。本当に行ってみたいのです。サロンの音楽会なんて一生行くことはないと思っていました。誘って頂けて本当に嬉しいのです」

それはクロネリアの本心だった。

看取り夫人と言われることなんてもう慣れている。

多少ひどい噂《うわさ》が耳に入っても、それよりも音楽会に行けることの方が嬉しい。

「本当にいいのか？　クロネリア？」

公爵は不安げに尋ねる。

「はい。公爵様がお許しくださるなら」

「私は構わない。だが……」

公爵はイリスに厳しい視線を向ける。

「クロネリアに決して失礼のないようにするのだぞ、イリス」

「そうだよ。もしもクロネリアが泣くようなことがあったら許さないからな！」

公爵とアークに責められて、イリスは憮然《ぶぜん》としている。

憮然としているが……クロネリアにはひどく傷ついているように見えた。

不器用なイリスの心の内が、クロネリアにだけは手に取るように分かるような気がしていた。それは、長年表情の乏《とぼ》しい母の心の内を探《さぐ》ってきたクロネリアだからこそ分かることなのかもしれない。

「これが……サロンなのですね？」

主催の伯爵邸《はくしゃくてい》は王都のはずれにあった。

屋敷《やしき》はそれほど大きくないが、別棟《べつむね》のサロンは円形の屋根が美しく、真新しいロココ建築のピンクの建物だった。

クロネリアは馬車から降りて、その優美な建物にため息をつく。

「こちらの伯爵はサロンに人を集めるのが好きな方で、最近資産を投じてこのサロンを建てたばかりなのだ。おそらく最新の設備を揃《そろ》えているはずだ。爵位《しゃくい》などはさほど高くないが、遊び上手な方なので、ご婦人は気楽に楽しめると思う」

イリスが告げた通り、内装も素敵《すてき》で見るものすべてが心躍《おど》らせてくれる。

執事に案内されて中に入ると、すでに大勢の人々が談笑《だんしょう》していた。

華《はな》やかな貴婦人に紳士《しんし》が声をかけて、恋《こい》の駆け引きが垣間見《かいまみ》えるのも楽しい。

社交界にデビューした令嬢《れいじょう》たちは、こんなところで恋を重ね、結婚《けっこん》相手を見つけたりするのだろう。その雰囲気を感じられただけで嬉しい。

「一生行くこともないと思っていたけれど、夢のようです。イリス様」

クロネリアが感動して言うと、イリスはほっとしたように微笑んだ。

「そう言ってもらえたなら良かった」

そんなイリスの許《もと》に主催の伯爵らしき人物が挨拶《あいさつ》に来る。

「ようこそイリス様。いつも誘っても来てくださらないのに、よくおいでくださいました。どういう風《ふ》の吹き回しですか？」

「？」

クロネリアは首を傾げた。

この伯爵が看取り夫人を見たいと言って誘ったのではなかったのか？

「あなたが参加されると聞いて、ご婦人の参加が二倍に増えましたよ。紹介《しょうかい》してくれと、すでに列ができていますが……ご婦人連れでしたか」

伯爵は隣《となり》のクロネリアを見て微笑みかけた。

「イリス様も隅《すみ》に置けない。こんな美しいご婦人とどちらで知り合ったのですか？」

どう考えても、クロネリアが看取り夫人だと知らない様子だった。

「彼女は……身内のようなものです。クロネリアといいます」

イリスはきまりが悪そうにクロネリアを紹介する。

「お身内の方でしたか。どうぞ今日は楽しんでいってください、クロネリア様」

伯爵は丁寧《ていねい》に挨拶をして行ってしまった。

「あの……イリス様。伯爵様は看取り夫人を見てみたいと言っていらしたのでは……」

クロネリアが尋ねると、イリスは誤魔化《ごまか》すように目をそらした。

「わ、私の勘違《かんちが》いだったようだ。ああ、そうだ。飲み物でももらってこよう。ここに座って待っていてくれ、クロネリア。オーケストラの演奏もそろそろ始まるだろうから……」

逃《に》げるようにイリスはクロネリアを席に座らせて行ってしまった。

（もしかして……イリス様は……）

クロネリアは胸が熱くなるのを感じていた。

（私がサロンに行ったことがないと言っていたから？）

伯爵が看取り夫人を見たがっているなどと、変な嘘《うそ》までついて……。

（それで公爵様とアーク様に悪者みたいに言われたのに……）

弁解もせずに誤解されたままでいるのだ。

（なんて不器用な人なの……）

呆《あき》れると同時に、その不器用な優《やさ》しさにじんと心が温まる。

こんなに優しさに溢《あふ》れた人なのに、公爵にもアークにも誤解されている。

なんとかこの誤解を解いてあげたいと、クロネリアは心から思っていた。

（公爵家で与えてもらった幸福を、私は返しきれるかしら？　ううん。できることなら、全部返したい）

ほっこりとそんなことを考えていたクロネリアは、思いがけない人物に声をかけられた。

「クロネリア？」

はっと顔を上げると、そこにいたのは……。

「ハンス様……」

ほとんど文を交わすだけで、会ったのは初対面から三度ほどだったがすぐに分かった。

ずいぶん大人びて背も高くなっていたが、面影《おもかげ》が残っている。

「クロネリアなのか？」

ハンスは、信じられないようにクロネリアをまじまじと見た。

「また……ご老人に嫁《とつ》いだと聞いたが……ずいぶん贅沢《ぜいたく》に暮らしているみたいだね……」

クロネリアは言われてみて自分のドレスを確認《かくにん》した。

イリスに買ってもらったドレスの一つだ。淡《あわ》いブルーの豪華《ごうか》なものだった。

「相変わらず……いや……昔以上に……美しいよ、君は」

褒《ほ》めているように聞こえるが、悪意を含《ふく》んだ口調だった。

「やっぱりガーベラが言った通りだったんだね」

「え？」

クロネリアは意味が分からず聞き返した。

「僕なんかに嫁ぐよりも、もっと金持ちに嫁いで贅沢がしたかったんだろう？」

「な……。まさか……」

クロネリアは慌てて首を振《ふ》る。

「今日は寝《ね》たきりの夫を置いて一人でサロンに遊びに来たのかい？　大したご身分だね」

口の端を歪《ゆが》めて嫌みを言われた。

「ち、違います。私は……」

弁解しようとしたクロネリアだったが……。

「ハンス様！　こんなところにいらしたの？　いいお席を探してくれていたのではないの？」

拗《す》ねたような聞き覚えのある声が近付いてきた。

そしてハンスの腕《うで》に絡《から》みついたところで、クロネリアに気付いたようだ。

「まあ！　クロネリアじゃないの！」

「ガーベラ……」

まさかこんなところでこの二人に会うとは思わなかった。

「どうしてクロネリアがここに？」

ガーベラはじろじろとクロネリアを見て、自分よりずっと高そうなドレスに気付いて眉《み》間《けん》に皺を寄せる。

「そういえば、次はスペンサー公爵様に嫁いだのだったわね。そのドレスは公爵様に買って頂いたの？」

「いえ。これは公爵様ではなく……」

「あなたったら、思った以上に策略家なのね。知らなかったわ。さすがにバツ3ともなると老人のたぶらかし方もうまくなるようね」

「バツ3なんて……。まだ公爵様は亡《な》くなっていないわ」

クロネリアは何を言い返すべきか迷って、そこだけ訂正《ていせい》した。そして続けて尋ねた。

「二人は……もう結婚したの？」

ブラント侯爵《こうしゃく》を看取ったあと実家に帰った時は、まだ婚約《こんやく》のままだった。

婚約してからずいぶん経《た》つのにどうしてだろうと思ったが、ガーベラはハンスの仕事が忙しいのでタイミングを逃《のが》しているだけだと言っていた。

「も、もうすぐ結婚するわ。ねえ、ハンス様」

ガーベラがハンスの顔を覗《のぞ》き込んで甘えた声で尋ねる。

「あ、ああ……。まあ……」

ハンスはなぜか言葉を濁《にご》した。

「ハンス様はお父様と共同で大きな事業を始めたのよ。だからとても忙しいの。事業が落ち着いたら結婚しようって、おっしゃってくださっているのよ」

ガーベラは自慢《じまん》するようにつんと顎《あご》を上げて言う。

「事業……」

それは大丈夫なのだろうかと気になった。その資金はまたクロネリアの結納《ゆいのう》金だろう。

「お母様は？　私のお母様は元気にしている？」

クロネリアはそれが気になって尋ねた。

手紙は毎週送っているが、いつも大丈夫、元気にしているから心配しないでくれと返ってくるだけだった。

「あなたのお母様？　さあ……、部屋から出ない方だから知らないわ」

ガーベラに聞いても無駄《むだ》だった。

「それよりもあなたったら、サロンに一人で来たの？　公爵様も寝たきりだと聞いたけれど、置き去りにして一人で遊びに出るなんて、あなたって大した心臓だわ」

ガーベラは呆れたように言う。

「私だったら病気の夫を置いて一人でサロンに来たりしないわ。ねえ、ハンス様」

「あ、ああ。ガーベラは君なんかと違って誠実な人だからね」

ハンスはクロネリアに冷たい視線を向けて答えた。

「ね、私が言った通りだったでしょう？　ハンス様」

「ああ。君に教えてもらって良かったよ。こんな不誠実で贅沢好きの女性と結婚していたら不幸になるところだった」

ハンスは憎《にく》しみすら浮《う》かべた目でクロネリアを見た。

「ガーベラに教えてもらったって？　いったいガーベラは何を言ったの？」

クロネリアに問われて、ハンスはふんと鼻を鳴らした。

「しらを切っても全部分かっているんだよ。君は田舎《いなか》伯爵の僕なんかより、もっと金持ちと結婚したかったんだろ？　だから結納金目当てに僕を捨ててバリトン伯爵に嫁ぎ、遺産目当てにブラント侯爵に嫁ぎ、次は公爵様か。本当に金の亡者《もうじゃ》だよ、君は」

クロネリアは信じられない言葉に驚いた。

「な！　まさか！　私はお父様に命じられて仕方なく嫁いだのに……。バリトン伯爵に嫁ぐ前にお手紙を渡したでしょう？　あなたを今も愛していると……」

「手紙？」

ハンスは眉根を寄せて首を傾げた。

「手紙を……。そうだわ、ガーベラに渡して欲しいって頼んでいったでしょう？」

クロネリアはガーベラを見た。

「そ、そんな手紙知らないわ。誰か他の人と間違《まちが》えているんじゃないの？」

「嘘よ……」

間違いなくガーベラに渡した。

「どういうこと？　ガーベラ」

ハンスは何も知らなかったらしく、ガーベラを問《と》い詰《つ》めた。

「し、知らないわ。この人のいつもの嘘よ。騙《だま》されないで、ハンス様」

「でも……」

ハンスは動揺《どうよう》を浮かべている。

「この人は寝たきりの夫を置いてサロンに遊びに来るような人よ。ハンス様はそんな人の言葉を信じるの？」

しかし、その時思いがけない声が降ってきた。

「誰が寝たきりの夫を置いて遊びに来たって？」

ガーベラとハンスが声の主に顔を向ける。

「イリス様……」

そこには長い黒髪《くろかみ》を優雅《ゆうが》に編んで高価な長ジャケットを着たイリスが立っていた。

明らかに気品が違う公爵家の美しい青年だ。

「こ、この方は？」

どう見ても自分たちより身分の高そうなイリスに、ガーベラとハンスはたじろいでいる。

「スペンサー公爵家のイリスだ。私がどうしてもと父にお願いしてクロネリアを貸して頂

いたのだが、ずいぶん勝手な言いがかりをつけられているようだね」

「公爵家の……」

ガーベラとハンスは青ざめた。

「それに私の大切な身内を嘘つき呼ばわりするのはやめてくれないかな。クロネリアは誰よりも誠実で嘘のつけない人だ」

イリスはぎろりと二人を睨んだ。

「イリス様……」

ガーベラの嫌がらせには慣れていたが、助けてくれる人が現れたのは初めてだった。

昔、愛していると言ってくれたハンスさえも、味方ではなかったのに。

イリスはためらいなくクロネリアを庇《かば》ってくれた。

庇ってくれる人がいるだけで、これほど救われた気持ちになるのだと初めて知った。

しかし切《き》り替《か》えの早いガーベラは、すぐに態度を変える。

「い、嫌ですわ、イリス様。クロネリアを嘘つきだなんて、聞き間違いですわ。私の大好きなお姉様ですもの。幼い頃から慕っていましたのよ。申し遅《おく》れましたわ。クロネリアの妹のガーベラ・ローセンブラートです。イリス様とも身内のようなものですわね。どうぞ今後とも仲良くしてくださいませ」

「妹？」

イリスは怪訝《けげん》な顔でガーベラとハンスを見た。

「この人はあなたの妹なのか？」

そしてクロネリアに尋ねた。

「はい。母違いですが……」

「それは失礼。クロネリアを侮辱《ぶじょく》しているように見えたものですから」

「そんなはずがありませんわ。私たちは昔からとても仲のいい姉妹《しまい》でしたのよ。ちょっとふざけて言っただけですの。ねえ、お姉様」

「……」

答えに困るクロネリアの腕をハンスが急に摑《つか》んだ。

「ハンス様？」

「クロネリア……。君ともう一度話がしたい。僕はもしかしてとんでもない誤解をしていたかもしれない。どうか、クロネリア……」

その言葉を聞いてガーベラが慌ててハンスの腕を引っ張る。

「ハ、ハンス様。なにをおっしゃっているの？　クロネリアは、今は公爵様の妻なのですよ。夫を持つ女性と今さら何の話をするというのですか！」

そんなガーベラの手を、ハンスは振りほどいた。

「君は黙っていてくれ！　考えてみれば、おかしいことばかりだった。僕はクロネリアが結婚するというショックで何も信じられなくなり、君の言葉を鵜呑《うの》みにしてしまったが、クロネリアはいつだって誠実な女性だった。それなのに、僕は……」

「ハンス様！　何を言いだすの？　私が嘘をついたって言いたいの？」

ガーベラが声を荒《あら》らげる。

そんなガーベラを無視して、ハンスはクロネリアに追い縋《すが》った。

「どうか話をさせてくれ、クロネリア！」

「ハンス様っ！」

ガーベラが青ざめた顔で叫《さけ》ぶ。

クロネリアはその様子を驚いた顔で見つめていた。

「クロネリア、どうする？」

イリスはクロネリアに静かに尋ねた。

クロネリアは少し考えて、決意したようにハンスに告げる。

「ハンス様。ガーベラの言うように、今さら話すことなどありません。すべてがもう終わったことなのです。どうか、妹のガーベラを大切にしてあげてください」

「クロネリア！」

まだ追い縋ろうとするハンスの腕を、イリスがぐいっと引きはがした。

「悪いが、クロネリアもこう言っている。こちらの伯爵が私たちに特別席を用意してくれたようなのでね。そちらに移動させてもらう。もうクロネリアには近付かないでくれたまえ」


イリスはクロネリアの腰《こし》を引き寄せ、ハンスを一瞥《いちべつ》した。

そしてオーケストラが一番よく見える特別席へと連れて行った。

あとに残されたハンスは、呆然《ぼうぜん》とその二人を見送っている。

そしてガーベラは悔《くや》しそうにクロネリアの背をいつまでも睨みつけていた。


「強引《ごういん》に連れてきてしまったが、良かっただろうか？」

イリスは特別席に座ってから、少し不安そうにクロネリアに尋ねた。

一段高いバルコニーに設けられたプライベートな席で、テーブルにつくとすぐに給仕《きゅうじ》が飲み物と軽食を持ってきてくれた。公爵待遇《こうしゃくたいぐう》なのだろう。とても良い席だった。

ちょうど演奏が始まり、バイオリンとチェロの美しい音色が響《ひび》いている。

「はい。連れてきていただけて助かりました。ありがとうございます」

あのままハンスたちと同席したりしていたら、せっかくの音楽会が台無しだった。

「あなたはいつも妹にあんな言われ方をしていたのか？」

「……」

クロネリアは恥《は》ずかしくなって俯《うつむ》いた。

「一緒《いっしょ》にいた男性は、あなたに未練があるようだったが……」

「ハンス様は……最初の結婚の前まで許嫁《いいなずけ》だった方です。でも、バリトン伯爵を看取って戻ってみるとガーベラと婚約していて……」

クロネリアは正直に答えるしかなかった。

「そんなことが……」

イリスは唖然《あぜん》とした。

「すみません。変なことに巻き込んでしまって……」

「いや。あなたが謝る必要なんてない。あなたは何も悪くない」

イリスは憤然《ふんぜん》とした様子で呟《つぶや》いた。

「そんな風に言ってくださる方がいるだけで……少し救われた気がします。ありがとうございます、イリス様」

クロネリアは遠慮《えんりょ》がちに微笑んだ。

「あなたという人は……」

イリスは呆気《あっけ》にとられたように呟く。

「だが……私もハンスと大差ないのかもしれない。最初はあなたを疑い、ずいぶん失礼なことも言った。彼のことを非難する資格などない」

イリスが自嘲《じちょう》するように言うので、クロネリアは慌てて首を振った。

「いいえ。イリス様は全然違います。イリス様はただ公爵様を心配なさっていただけで、疑いながらもいつも親切にしてくださいました。この音楽会だって……」

クロネリアは顔を上げ、イリスを見つめた。

「こちらの伯爵様が看取り夫人を見てみたいと言ったなんて嘘ですよね？　私がサロンにも音楽会にも行ったことがないと言ったから連れてきてくださったのですよね」

「それは……その……」

イリスは口ごもった。

「公爵様もアーク様も誤解してイリス様を責めていました。なぜ正直におっしゃらなかったのですか？」

イリスは観念したようにため息をついて答えた。

「私は……あなたに何かお礼がしたかったのだ」

「お礼？」

「ええ。あなたが来てから父上は食事を少しずつ摂《と》るようになり、ずいぶん元気になった。それにアークも明るくなった。だから何かお礼をしようと思ったのだ。でもそう言うと、あなたが遠慮するような気がしたから……」

「それで……ご自分が悪者にされても黙っていたのですか？」

「……」

イリスは気まずい顔で目をそらした。

本当になんて不器用に優しい人だろうとクロネリアは胸が熱くなる。

「私は元々、父上にもアークにも嫌《きら》われているのだ。今さら少し悪者になったところで変わらない」

「なぜ嫌われていると思うのですか？」

クロネリアは鳶色《とびいろ》の瞳《ひとみ》でイリスを見つめた。

その瞳に誘《いざな》われるようにイリスは口を開く。

「私は母が亡くなって気落ちする父上をなんとか助けたくて、少しでも心の負担を軽くしようと事業を引き継《つ》いだのだ。領地の管理も私が全部やるから、ゆっくり心を休めてくださいと。けれど、そうすることが却《かえ》って父上の生きる気力を奪《うば》ってしまった。忙しくしていれば、気持ちが紛《まぎ》れたかもしれないのに、私が父上の仕事を奪ったせいで、結局引きこもるようになって病まで発症《はっしょう》させてしまった。父上の病気は私のせいなのだ」

「そんな……」

公爵のためにしたことが裏目に出てしまったなんて、悲しすぎる。

「父上は私に仕事を奪われたと思っている。父上は私を憎んでいるのだ」

「……」

公爵のイリスに対する口ぶりは確かにそんな風にも受け取れるけれど……。

「アークにしても、私が母に代わってきちんとしつけて立派な大人にしなければと口出しするほど、嫌われて疎《うと》まれている。分かっているのにどうにもできない……」

苦しそうに吐露《とろ》するイリスの力になってあげたいけれど、クロネリアにできることは、黙って心の内を聞くことだけだ。いつだってそれしかできない。

「母を失ったアークの寂しさが痛いほど分かるのに、どうにもできないのだ」

頭をかかえて苦しそうに告げるイリス。

いつだって人のことばかり心配して……そして……。

「イリス様は？」

「え？」

イリスは何を聞かれたか分からずクロネリアを見た。

「イリス様だって母君を亡くされて同じぐらい寂しいでしょう？」

もしかしたら一番悲しんでいるのはイリスではないかと思った。

これほど情が厚く思いやりのある人なのだから。

アマンダのことも誰よりも愛して、大切にしていたはずだ。

「私が……寂しい？」

しかしイリスは、今初めて気付いたように呟いた。

そしてその頬に、はらりと一筋涙《なみだ》が流れる。

それを隠《かく》すように、イリスは慌てて左手で顔を覆《おお》った。

「はは……。そんなことを聞かれたのは初めてだ。私にそんな感情があるなんて、誰も気付いていないだろう。私自身すら気付いていなかったのだから……」

イリスは少し笑ってから、涙をこらえるように口を噤《つぐ》んだ。

ずっと父と弟のことばかり考えて、自分の気持ちは置き去りにしてきたのだろう。

クロネリアは遠慮がちに、そっとイリスの肩を撫でた。

本当なら抱き締めてあげたいけれど、自分はそんな立場ではない。

やがてイリスは少し落ち着くとクロネリアを見つめた。

「あなたは不思議な人だ。こんなこと、今まで誰にも言えなかったのに。ゴードにもローゼにも。でもあなたの瞳に見つめられると、なぜか自然に心の内を話してしまう。きっとあなたに看取られたバリトン伯爵とブラント侯爵も同じ気持ちだったのだろうな」

クロネリアは首を振った。

「私は前夫二人にも何もできなかったのです。たまたま余命を延ばしたから看取り夫人などと持《も》て囃《はや》されていますが、私には何の力もないのです」

「いや。あなたが静かに聞いてくれるだけで、相手は今まで抱《かか》えていた苦しい思いを吐《は》き出《だ》し、心を軽くすることができたのだ。その安らぎが余命を延ばしたのだ。今ははっきりと分かった。あなたが看取り夫人と言われる理由が」

イリスは少しすっきりしたように微笑んだ。

「あなたにまた借りができてしまった。何かお礼をさせて欲しい」

「お礼など……この音楽会で充分《じゅうぶん》……」

言いかけたクロネリアだが、ふと思いついた。

「一つだけイリス様にお願いしたいことがありました」

「なんだろう？　なんなりと言ってくれ」

「では……遠慮なく」

クロネリアが告げたお願いを聞いて、イリスは深く肯《うなず》いた。

九、父とガーベラの訪問

「お父様、クロネリア！　見て！」

翌日、公爵《こうしゃく》の部屋にアークが駆《か》け込んできた。

「朝から騒《さわ》がしいな。どうしたのだ？」

公爵が慌《あわ》てて起き上がるのをクロネリアが手伝った。

「ほら！　僕のサーベル！　兄上に返してもらったんだ！」

アークは嬉《うれ》しそうに腰《こし》のサーベルを示してみせた。

アークの後ろからイリスも部屋に入ってくる。

イリスはクロネリアに目配せして微笑《ほほえ》んだ。

昨日の音楽会でクロネリアが頼《たの》んだのは、アークのサーベルを返してあげることだった。

クロネリアに遠慮《えんりょ》して返せないでいるのだったら、全然気にしていないからと。それよりも王子の護衛騎士《きし》として剣《けん》を持たないと恰好《かっこう》がつかないからアークがかわいそうだと。

「サーベルは返すが、二度と武器も持たない女性に剣を向けるようなことをしてはだめだぞ。今度同じようなことがあれば、もう返さないからな」

イリスはアークに厳しく告げる。

「わ、分かってるよ。もう絶対しないよ」

アークは口を尖《とが》らせて答えた。

そのアークにイリスはそっと手を伸《の》ばす。

頭を撫《な》でて「よし、いい子だな」とでも言いたいのがクロネリアにだけは分かる。

しかしアークは気付かぬまま公爵のそばに駆けていった。

（もう少しだったのに……）

不器用なイリスがもどかしい。

「今日も学院があるのだろう？」

公爵が尋《たず》ねた。

「うん！　今から馬車に乗って行くところだったんだ」

そしてアークは公爵とクロネリアに向かって胸に手を当て紳士《しんし》の礼をする。

「行ってまいります。お父様、クロネリア」

にこにこと微笑む公爵に手を振《ふ》ってアークは部屋を出て行ってしまった。

自分の名だけ呼ばれなかったイリスは、ばつが悪そうに頭を掻《か》く。

「で、では、私も仕事に戻《もど》ろう。失礼します。父上、クロネリア」

なんとかしてあげたいのに、クロネリアにはどうにもできなかった。

その午後のことだった。

ふと思い立って、イリスは久しぶりに一階の小さなサロンにいた。

父が気に入っていたサロンは、病に倒《たお》れてからメイドが掃除《そうじ》のために入るぐらいでほとんど使われていなかった。

先日侍女《じじょ》のローゼにここから見えるアネモネの花壇《かだん》が二十五あるのを知っているかと聞かれた。そして亡《な》き母が父との結婚《けっこん》記念日のたびに一つずつ増やしていたのだと初めて知った。それに気付いたのはクロネリアなのだということも教えられた。

「そういえばクロネリアはこの花壇の前で会った時、この部屋は何の部屋かと聞いていた。あの時から彼女は母の想《おも》いに気付いていたのだな」

まだ来たばかりの頃《ころ》で、あの時はずいぶん冷たい言い方をしたように思う。

本当は花壇にしゃがみ込んで花を見つめる姿がやけに輝《かがや》いて見えて、思わず声をかけてしまった。着ているドレスは粗末《そまつ》なものなのに、醸《かも》しだす雰囲気《ふんいき》が美しかった。

「契約《けいやく》とはいえ、仮にも父の妻である彼女に愚《おろ》かなことだ」

そんな自分を否定したくて、つい冷たい言い方をしてしまう。以前も今も。

「私は気の毒な境遇《きょうぐう》の彼女に同情しているだけだ」

だからつい余計なお節介《せっかい》をやいてしまう。ドレスにしろ音楽会にしろ。

「それだけだ。べつに特別な想いなどない」

そう自分に言い聞かせてみるのだが、イリスが何かするたびに想像の倍ほども大喜びをするクロネリアの顔が脳裏《のうり》に焼き付いて離《はな》れない。

もっと喜ばせてみたい。次はどんな顔で喜ぶだろうかと想像してしまう自分がいる。

「愚かな……何を考えているのだ、私は……」

自分が父の妻にと連れてきたくせに。

「他の者に誤解されることのないよう、もっと節度ある態度で接するべきだな。彼女にあまり親切にしすぎないようにしよう。うむ。次からは気をつけよう」

もう一度自分に言い聞かせたイリスだったが、目の前の花壇に突然《とつぜん》クロネリアが現れた。

歩きながらアネモネの花壇の一つ一つを覗《のぞ》き込み、うっとりと眺《なが》めている。

時々花びらを指先でちょんとつついて、何か話しかけているようだ。

「花に話しかけているのか。嬉しそうな顔をして、よほどアネモネが好きなのだな」

顔がほころんでいることに気付いて、イリスは慌てて緩《ゆる》んだ表情を引《ひ》き締《し》める。

「今決意したばかりなのに、何をほっこりしているのだ、私は」

怖《こわ》いほどの冷徹《れいてつ》な顔に戻したイリスに、窓の外のクロネリアが気付いたようだ。

他の者なら決して近付かないだろう冷徹な表情のイリスに怯《ひる》むことなく、嬉しそうな顔でクロネリアがこちらに近付いてくる。

イリスはこほんと咳払《せきばら》いして、窓の一つを押し開いた。

「花壇を見にきたのか？」

努めて事務的にイリスは尋ねた。

「はい。今日はどの花壇が咲《さ》いているのかと思ったので」

「どの花壇？」

「はい。少しずつ開花時期がずれるようにアマンダ様が植えておられたのです」

「そうなのか。そういえばここのアネモネは年中咲いているイメージだ」

「温暖なルーベリアでは真冬と真夏以外は品種によって時期を変えて咲くようです」

クロネリアはそれだけで世界一幸せだというような顔で微笑んだ。

イリスは呆《あき》れたように告げる。

「君はいつも楽しそうだな。悩《なや》んだりしないのか」

クロネリアのような境遇なら、もっと悩んで鬱々《うつうつ》とした性格になりそうなものなのに。

あまり気にしない質《たち》なのか。イリスには不思議だった。

「私は今、人生で一番幸せです。ここは天国のようですわ」

クロネリアは輝くような笑顔《えがお》で答える。イリスはついどきりとした。

「天国などと、大げさな。病気の父上の世話をする日々が一番幸せなはずがないだろう」

慌てて咳払いをして、そっけなく言い返した。

しかし、クロネリアは鳶色《とびいろ》の瞳《ひとみ》をほんの少し翳《かげ》らせたあと、再び柔《やわ》らかな笑顔に戻る。

「いいえ。一番幸せなのです」

「……」

イリスは、クロネリアが時々見せるこの達観したような鳶色の瞳に弱い。

この瞳を見ると、なにか喜ばせたくなってしまうのだ。

「そういえば……、もうすぐカーニバルがあるそうなのだが、行ったことはあるか？」

「カーニバル？」

クロネリアの目が見開かれる。

「王都のカーニバルは楽しいぞ。サーカスがやってきて、出店もたくさんある。みんな仮装してダンスを踊《おど》る。貴族も身分を隠《かく》して参加したりするのだ」

「まあ！　サーカス！　仮装ダンス！」

興味津々《きょうみしんしん》のクロネリアを見て、イリスは先ほどの決心も忘れてつい言ってしまう。

「行ってみるか？　私が案内してやろう」

しかし、すぐにクロネリアは夢から醒《さ》めたように翳りのある瞳に戻った。

「いいえ。看取《みと》り夫人の私がそのようなところに行ったと分かると、あらぬ噂《うわさ》が流れることでしょう。公爵様やイリス様にご迷惑《めいわく》をかけてしまいますので」

クロネリアは、音楽会で妹たちに病気の夫を置いて遊んでいると言われたことを、ずっと気にしているようだった。

「……。そうだったな……」

イリスはまた余計なお節介をして、却って悲しませてしまったと悔《く》やんだ。

「つまらぬ話をして、すまなかった」

「い、いいえ！　どうかアーク様を誘《さそ》って行ってきてくださいませ。そしてお話を聞かせてくださいませ。お話を聞けるだけでも嬉しいですわ」

「いや……アークは……私と二人では行きたがらないだろう」

「そんなことありませんわ。きっとアーク様はお喜びになると思います」

「いや、いいんだ。今の話は忘れてくれ。そろそろ仕事に戻らねば」

「イリス様……」

何か言いたげなクロネリアを置いて窓を閉め、イリスはそっけなく立ち去った。

そうしてサロンを出て一人になってから盛大《せいだい》に頭を抱《かか》えていた。

(私は何をやっているのだ。まったく……どうかしている)

そんなある日のことだった。

「イリス様。お客様がお見えなのですが……」

執事《しつじ》長のゴードが戸惑《とまど》ったようにイリスの執務《しつむ》室にやってきた。

「来客？　今日は誰《だれ》とも約束していなかったはずだが……」

「それが……ローセンブラート男爵《だんしゃく》とそのご令嬢《れいじょう》のガーベラ様だと……」

「ローセンブラート男爵？」

イリスは怪訝《けげん》な顔で眉間《みけん》に皺《しわ》を寄せた。

「近くに来たからクロネリア様にお会いしたいとおっしゃっています」

「クロネリアに？」

イリスは不快な表情になって考え込んだ。

「よく顔を出せたものだな」

恥《はじ》知《し》らずな男だと怒《いか》りが湧《わ》き上《あ》がる。

「まあいい。では一階の応接の間を使おう。部屋を整えてくれるか？」

「はい。畏《かしこ》まりました」

ゴードは心得たように部屋を下がった。

クロネリアが父とガーベラの来訪を知らされたのは、公爵の部屋でアークも一緒《いっしょ》にいる時だった。

「お父様とガーベラが来ているのですか？」

実家からわざわざ出てきて何の用だろうかと嫌《いや》な予感しかしない。

近くに来たからなんて絶対嘘《うそ》だろう。

「大丈夫《だいじょうぶ》かね、クロネリア？　私も一緒に会おうか？」

父のことも話していたので、公爵は心配して言ってくれた。

だが病を持つ公爵に、これ以上心労をかけるわけにはいかない。

「いいえ。大丈夫です。すみませんが、少し席をはずします。公爵様」

「それは全然構わないのだが……」

病気の公爵に心配をかけているのが申し訳ない。

「クロネリア、僕が一緒に行こうか？」

アークまで頼もしいことを言ってくれる。

「いいえ。アーク様は公爵様のお側《そば》にいてください」

「困ったことがあったら、僕がやっつけてやるからな」

アークは意気込んで言った。

「ありがとうございます」

そうして、クロネリアは深呼吸をしてから、応接の間に向かった。

執事に案内されて部屋に入ると、すでに父とガーベラがソファで寛《くつろ》いでいた。

「おお！　クロネリア！　見違《みちが》えたぞ。贅沢《ぜいたく》なドレスを着ているではないか！」

父は開口一番、ドレスを値踏《ねぶ》みして言った。

「クロネリア、久しぶりね。先日の音楽会ではごめんなさいね」

ガーベラは悪びれもせずにこやかに微笑んだ。

昔からクロネリアには何をしても、ちょっと謝れば許してもらえると思っている二人だ。

「いったいこんな場所まで何の用でいらっしゃったのですか？」

クロネリアは表情を硬くしたまま尋ねた。

「つれないことを言わないでくれ、クロネリア。父親が愛する娘《むすめ》の嫁《とつ》ぎ先に会いにくるぐらい、当たり前のことではないか」

愛する娘などと、この父から感じたこともない。

「それは普通《ふつう》の結婚をした娘の場合です。私は看取りのための契約婚《けいやくこん》ですよ」

気まぐれに訪ねていい相手ではないだろう。

「そう言わずに。少し話をしようではないか、クロネリア」

いつも威圧《いあつ》的な父が珍《めずら》しく下手に出て、クロネリアにソファに座るよう勧《すす》めた。

「ところでお母様は？　お元気にしていらっしゃいますか？」

クロネリアはソファに座るとすぐに尋ねた。ずっと気になっていた。

「あ、ああ。あいつは元気にしているよ。部屋からは出てこないが、私が時々訪ねて声をかけている。心配はいらない」

「お父様が訪ねて？」

そんなことは滅多《めった》になかったはずだ。

いつも母の存在を無視していて、最近部屋に訪ねてきた覚えがあるとしたら、クロネリアの看取り結婚や結納《ゆいのう》金の話をする時だけだった。

そしてクロネリアは、はっと気付いた。

「お父様が訪ねたって、いつの話ですか？」

「ん？　あれは……五日ほど前だったか……。元気にしていたぞ」

「いったい何のご用でお母様を訪ねたのですか？」

クロネリアが尋ねると、父はぎくりとした顔になった。

この父がクロネリア母娘《おやこ》に用があるのはお金の話がある時ぐらいだった。

「まさか……お父様……。私がお母様に預けた結納金を奪《うば》ったのではないでしょうね」

父は慌てて目を泳がせた。

「う、奪うなどと人聞きの悪い。ちょっと貸してくれと言っただけだ」

やっぱり思った通りだった。

「お母様はお断りになったでしょう？　あれは私が預けたお金だもの」

母は自分のものなら断れずに差し出してしまうが、クロネリアのものとなれば母なりに精一杯抵抗《せいいっぱいていこう》するはずだ。

「い、いや……。まあ、最初は断ったが……このままではローセンブラート家が破産することになると言うと、快く貸してくれた。うむ。あれは優《やさ》しい女だからな」

「なんてことを……」

快く貸したりしていないはずだ。

きっと泣いて嫌がっているのに、無理やり奪ったのだ。

「私は知っているのですよ！　公爵様から頂いた結納金は、私がもらったお金よりずっと多かったはずです。私に渡《わた》したのは、ほんの一部なのでしょう？」

父は気まずい顔をしたものの、すぐに開き直って答えた。

「私はお前を育てた父親だ。受け取る権利は私にあるのだ。それでもお前が欲《ほ》しいというから、ちゃんと分けてやったではないか。元々、私のものだったのだ」

クロネリアは沸々《ふつふつ》と怒りが込《こ》み上げてくるのを感じていた。

しかし父は気まずい話題を勝手に終わらせ、話を進める。

「それでなんだが……」

そしてほんの少し躊躇《ためら》いながら、信じられないことを言った。

「お前にもう少し金を用立ててもらえないかと思ってな……」

「な！」

よくもそんなことが言えたものだと呆れて言葉が出てこない。

「ハンスと私で共同事業を立ち上げたのだが、なかなかうまく軌道《きどう》に乗らなくてな。いや、もう少しでうまくいくのだ。そうすればすべての借金が返せる。お前に今まで借りていた結納金もすべて返せるんだ。だから少しだけ援助《えんじょ》して欲しいのだ」

「私は頂いた結納金をすべてお母様に預けてきました。貸すようなお金が私にあるはずないでしょう。お父様が一番よく知っているはずです！」

クロネリアはきっぱりと言い捨てた。

「い、いや、結納金のことは……分かっているが……でも、ほら、そんな高いドレスを着ているではないか。ガーベラが音楽会でお前に会って、ずいぶん贅沢に暮らしているようだと言うものだから……」

クロネリアは父の隣《となり》に座るガーベラに視線を向けた。

余計なところだけ、きちんと報告する。それを鵜呑《うの》みにして、父は金を借りようとわざわざ馬車に揺《ゆ》られて王都までやってきたのだ。

「なに、お前の着ているドレスを一着ばかり質に入れてくれればいいのだ。それだけでも当面の資金《しきん》繰《ぐ》りにはなるだろう。頼むよ、クロネリア」

「冗談《じょうだん》はやめてください！　このドレスはこのお屋敷《やしき》を出る時に返すつもりです。質になど入れられるわけがないでしょう！」

なんという親だろうかと情けなくなる。

「だがこのままではローセンブラート家は破産して、お前の母親も路頭に迷うことになる。お前は母親が物乞《ものご》いになってもいいのか？」

「誰のせいでそうなったと……」

いつだって借金の尻《しり》ぬぐいをクロネリアにさせてきたくせに。

「ハンス様のブルーネ家に頼めばいいではないですか！　共同事業なのでしょう？」

しかし父とガーベラは急に眉《まゆ》を吊《つ》り上げ、憮然《ぶぜん》とした。

「ふん！　あんなやつはだめだ！　あんなつまらぬ男だったとは……」

「どういうことですか？」

クロネリアは眉根を寄せて尋ねた。

「あいつは音楽会でお前に会った後、突然事業から手を引くと言い出した。それればかりか、ガーベラとの婚約《こんやく》も破棄《はき》させてくれと図々《ずうずう》しくも言ってきたのだ」

「え？」

クロネリアが見ると、ガーベラは「わっ」と顔を覆《おお》って泣き出した。

「そうなの。ひどいでしょう？　お姉様。ハンス様は音楽会でお姉様に会って変わってしまったのよ。お姉様に会いさえしなければこんなことにならなかったのに。ううう」

「私のせいだと言いたいの？」

信じられなかった。

なぜこの二人は、なんでもクロネリアのせいにして済まそうとするのか。

昔からずっとそうだった。

「今さら婚約破棄されて、どうすればいいの？　今から結婚相手なんて見つかりっこないわ。お姉様がハンス様に余計なことを言ったからよ。ううう……」

「本当のことを言っただけだわ。最初にあなたが嘘を吹《ふ》き込んでいたのでしょう？」

ガーベラがどんな風に言ったのか分からないが、ハンスは自分の方がクロネリアに捨てられたと思っていたようだった。

それを知ったところで、もう元に戻すことなどできないけれど。

「ひどいわ。お姉様は私が捨てられるようにわざと言ったのよ。田舎《いなか》には、もう私の歳《とし》に見合う相手なんていないわ。このままじゃもう結婚なんてできないわ。どうしてくれるのよ！」

「それでも看取り夫人と呼ばれる私よりはましでしょう？」

看取り夫人に比べたら婚約破棄なんて可愛《かわい》いものだ。

自分はその程度で大騒《おおさわ》ぎするくせに、クロネリアには最初の結婚の時にバツ１ぐらい大したことないかのように言い切ったのだ。勝手すぎる。

しかし隣に座る父は、ガーベラを慰《なぐさ》めるように背を撫でて言う。

「お前は妹になんというかわいそうなことをしてくれたのだ、クロネリア。お前はガーベラがちゃんと結婚できるように償《つぐな》うべきだぞ」

「な、なぜ私が償うの？」

償われるべきは自分の方ではないのか？

この二人と話していると、正しいことが何なのか分からなくなってくる。

「聞くところによると、スペンサー家のイリス様はまだ独身だという話じゃないか」

「？」

なぜ突然、父の口からイリスの話が出てくるのか分からなかった。

「そうだわ！　こんないい縁《えん》組《ぐ》みはないわ！」

ガーベラはさっきまで泣いていたはずなのに、ころりと態度を変えて今気付いたように叫《さけ》ぶ。

「本来なら出会えるようなお相手ではないけれど、お姉様が私をイリス様に娶《めあわ》せてくれてはどうかしら。私がイリス様と結婚すれば、お姉様と母娘になるのよ？　ねえ、素敵《すてき》だと思わない？　今日は、イリス様はお屋敷にいらっしゃらないの？」

「……」

開いた口がふさがらないとはこういうことを言うのだと思った。

たぶんそのために父はガーベラを連れてきたのだ。

クロネリアは大きなため息をついた。

「悪いけれど、どちらの話も到底《とうてい》受け入れられないわ。帰ってください」

もうこれ以上なにも話したくなかった。

「ま、待ってくれ！　ではこうしよう。前夫二人の遺産をもらうために裁判を起こそう」

「裁判？」

クロネリアは訳が分からず聞き返した。

「バリトン伯爵《はくしゃく》とブラント侯爵《こうしゃく》が死んだあと、強欲《ごうよく》な夫人たちは正式な妻であったはずのお前に遺産を渡さず追い出したのだろう。夫の世話もせず、最期《さいご》の看取りをお前に丸投げしておいて図々しい女たちだ。だが、正式な妻であるお前には遺産をもらう権利があるのだ。だから訴訟《そしょう》を起こす手はずを整えていたのだよ」

「な！　何を言いだすのですか！　遺産なら、私がいらないと断って出てきたのです」

確かに前夫たちはクロネリアに感謝して、ブラント侯爵には死《し》に際《ぎわ》に、遺産のすべてをクロネリアに渡すと遺言状《ゆいごん》を書き換《か》えたと言われた。

だがクロネリアは最初からそんなものを受け取るつもりはなかった。

受け取ったところで、実家に戻って父に奪われるだけだ。

だから夫人たちの冷ややかな視線を感じて、これ以上争いに巻き込まれたくないと自分から辞してきたのだ。それなのに。

「もしかして、それで……。看取り夫人が遺産目当てだなどという噂が……」

ジェシーから聞いたと言っていたが、どこからそんな噂がたったのかと思っていた。

しかしその噂はあながち間違《まちが》ってもいなかったのだ。

「いや、法的にはお前にもまだ権利はあるのだ！　だが本人のお前が訴訟を起こさねばだめだと言われた。私だけでは訴訟ができないのだ。だから私に委任状を預けてくれ」

「勝手なことばかり言わないで！」

もう耳を塞《ふさ》ぎたかった。

こんな人たちと一瞬《いっしゅん》すらも家族だと言われたくない。

しかし、いよいよクロネリアが言うことを聞かないと分かると、父は本性《ほんしょう》を現した。

「勝手なことだと？　人が下手に出ていれば、お前はいつからそんな偉《えら》そうな口をきくようになったのだ！　娘は親のためになんでもするものだ！　お前は分かっていると思っていたが、公爵家で贅沢を覚えて勘違《かんちが》いしてしまっているようだな！」

「ここの公爵もどうせ近いうちに死ぬのだ。そうすればお前は赤の他人となってまた追い出される。そうすれば戻る場所はローセンブラート家だけなのだぞ！　今私を助けなければ、お前は戻る家さえなくなるのだ！　分かっているのか！」

唸《うな》るように威圧的に言われて、クロネリアは恐《おそ》ろしくなる。

急に現実が見えたような気がした。

確かに、公爵が亡くなってしまったら、クロネリアはもうここにいられない。

そうしたら、この父とガーベラがいる地獄《じごく》のような家に戻らなければならない。

急に目の前が真っ暗になったような気がした。

「ようやく自分の立場が分かってきたようだな」

青ざめるクロネリアを見て、父はほくそ笑《え》んだ。

「分かったなら、バリトン伯爵とブラント侯爵の財産分与《ぶんよ》の訴訟を起こすか、この公爵家でなんとか金を工面するか考えることだ。もちろんどちらもやってもいいぞ」

なんて呪《のろ》われた運命なのだろうかと、クロネリアは途方《とほう》に暮れた。

「さあ、どうするのだ、クロネリア」

「私は……」

しかし、その時。

「どちらも選ばなくていい、クロネリア」

突然響《とつぜんひび》いた声に、はっと振り向く。

「イリス様！」

部屋につながった来客用のクロークからイリスが現れた。

後ろには執事長のゴードと侍女のローゼまでいた。

「悪いがここですべて聞かせてもらいましたよ、ローセンブラート男爵」

イリスはぎろりと父を睨《にら》みつけた。

ローゼはクロネリアを守るように側に控《ひか》える。

「こ、これは……イリス様。盗《ぬす》み聞《ぎ》きとは人が悪い。い、いえ。誤解です。今のはクロネリアが公爵家で図に乗らないようちょっと戒《いまし》めるつもりで……」

父は青ざめると、急に卑屈《ひくつ》な態度になって意味の分からない弁解をしようとした。

「図に乗る？　このクロネリアが？　図に乗っているのはあなたでしょう！　どこまでクロネリアに尻ぬぐいさせるつもりですか！　あなたのせいでクロネリアがどれほど辛《つら》い思いをしてきたのか、考えることもできないのですか！」

「そ、それは……」

イリスは隣のガーベラに視線を向ける。

「私との縁組みだと言いましたか？」

ガーベラは、はっとして嬉しそうにこくこくと肯《うなず》いた。

しかしイリスは冷ややかに告げる。

「悪いがあなたには公爵家にふさわしい品位が微塵《みじん》も感じられない。お断りする」

「！」

ガーベラは目を見開き、引きつった顔で言葉を失《な》くした。

「出ていってもらえますか、男爵。いや、二度と来るな！」

イリスに低く唸るように言われて、父とガーベラは慌てて立ち上がった。

「ゴード、客人がお帰りだ。素直《すなお》に帰らぬようなら衛兵を使って追い出すがいい！」

「はい。畏まりました」

ゴードが恭《うやうや》しく頭を下げて、父とガーベラをぎろりと見る。

「い、いや。帰る。帰らせていただきます」

二人は慌ててドアに向かった。それを追《お》い立てるようにゴードがついていく。

そのゴードにさらにイリスが告げる。

「その二人を二度とこの屋敷に入れるな！　今度来たらそのまま衛兵に命じて追い出してよい。不法侵入《しんにゅう》で警備隊に突《つ》き出《だ》せ。許可する！」

ゴードは振り向き、にこやかに答えた。

「畏まりましてございます」

父は「ひいいい」と悲鳴のような声を上げて逃《に》げるように帰っていった。

父たちが出ていった部屋にはイリスとクロネリアとローゼだけが残った。

ローゼはクロネリアの安全を確認《かくにん》すると部屋の隅《すみ》に下がっている。

イリスは父が出たのを見届けると、すぐにクロネリアに声をかけた。

「大丈夫か、クロネリア。何度も出ていこうと思ったのだが、ローセンブラート男爵の企《たくら》みをすべて白状させるために、我慢《がまん》していた」

クロネリアは恥《は》ずかしさに顔を上げることもできなかった。

「申し訳ありません。イリス様にまでご迷惑をかけ、不快な思いをさせてしまいました」

厄介《やっかい》な女を置いてしまったと迷惑に思っていることだろう。

ここでの幸せな日々を過ごすうちに、公爵家にすっかり馴染《なじ》んでいるように思っていたけれど、やはり自分は公爵家とは程遠《ほどとお》い人間だったのだと思い知った。

父の言うように図に乗ってしまっていたのかもしれない。

最初来た時に感じたように、自分だけがこの屋敷の中で浮《う》いている。

粗末なドレスや持ち物を、イリスの親切で綺麗《きれい》なものに変えたところで、根本は何も変わっていなかった。

どれほど取り繕《つくろ》ってみたところで、クロネリアは借金まみれのローセンブラート男爵家の、惨めな看取り夫人なのだ。追い出された父やガーベラと、同じ人種なのだ。

「私がここにいるのがご迷惑なら、すぐに出ていきますので」

クロネリアは項垂《うなだ》れたまま告げた。

「出ていって……どこに行くつもりだ？　あの男爵や妹のいる家に帰るつもりか？」

イリスは驚《おどろ》いて尋ねた。

「そこにしか……私の居場所はありませんから……」

「……」

イリスはいたましそうな顔でクロネリアを見ている。

自分が情けなくて逃げ出してしまいたかった。

しかし、イリスは告げる。

「契約はまだ残っている。勝手に出ていくことは許さない」

確かに高額の結納金を受け取っているのだ。その責務は果たさねばならない。

「ですが……私がいてはご迷惑ではないでしょうか……」

世間から見れば、前夫の夫人たちと遺産争いまで企《くわだ》てている看取り夫人なのだ。

きっと面白《おもしろ》おかしく噂が広まっていくだろう。

だがイリスは憤慨《ふんがい》したように言う。

「私がいつ迷惑だと言った？　迷惑なのはあなたの父と妹だ。あなたではない」

「ですが……」

イリスはクロネリアの言葉を遮《さえぎ》って、信じられないことを告げた。

「あなたに行く場所がないのなら、ずっとここに居てもいいのだ」

「え？」

クロネリアは驚いて聞き返した。

イリスはクロネリアから視線をそらして、こほんと咳払いをしている。

クロネリアはそのイリスをじっと見つめ、どこまで優しい人なのかと思った。

本当に、公爵にもしものことがあったとしても、その先もずっとメイドでも下働きでもいいのでここに置いてもらえたらどれほどいいだろうかと思った。

その言葉が絶望の中の一筋の光のように思える。

クロネリアを助けてくれる人なんて今までどこにもいなかった。

母は心を病《や》んでいて、助ける余裕《よゆう》なんてなかった。

前夫二人は優しかったけれど、他の夫人たちがクロネリアに意地悪をしても寝《ね》たきりのベッドでは気付かず、余命僅《わず》かな自分の病のことで手一杯《ていっぱい》だった。

どんな嫌がらせも不運も自分一人で立ち向かう以外なかったクロネリアだけれど……。

優しい言葉に縋《すが》りたくなることだってある。

「私はまだ……ここに……居てもいいのでしょうか？」

ぽろりと涙《なみだ》がこぼれた。

他人に甘えることなんて許されない人生だった。

けれど今は……今だけは……イリスに縋りたい。

イリスはクロネリアの涙に戸惑いを見せたものの、温かな笑顔を返した。

「もちろんだ。ここに居て欲しい」

クロネリアは十八歳の等身大の少女のように「わっ」と泣きじゃくった。

その背を抱《だ》き締めようとするイリスの手が……結局クロネリアに触《ふ》れることなく宙を彷徨ってから、諦《あきら》めたように元に戻されたことを……壁際《かべぎわ》で控えていたローゼだけが気付いていた。

契約上とはいえ、父の妻である看取り夫人を、息子《むすこ》であるイリスが抱き締めるわけにはいかなかった。

十、アマンダの命日

父とガーベラを追い出してから、何事もなく和《なご》やかな日々が過ぎていた。

クロネリアも、ささやかだけれど幸福を感じていた。

これまでの人生で、これほど居心地《いごこち》のいい場所はなかった。

公爵《こうしゃく》は紳士《しんし》で親切で、アークは可愛《かわい》い弟のようで、ローゼはとても頼《たよ》りになる。

そしてイリスはいつものそっけない調子で、よく贈《おく》り物《もの》をくれるようになった。

たぶんローゼが報告しているのだと思うが、クロネリアが髪飾《かみかざ》りを持っていないと聞いたのか「たまたま付き合いで買うことになったのだ」などと言って、付き合いで買うには豪華《ごうか》すぎる宝石のついた髪飾りを渡《わた》されたりした。

クロネリアが感激して礼を言おうとすると「仕方なく買っただけだ。礼を言われるほどのことではない」と逃《に》げるように行ってしまうのだが、そんなイリスの不器用な優《やさ》しさもクロネリアには奇跡《きせき》のような幸福だった。

おそらくイリスは父とガーベラの話を聞いて、クロネリアに同情しているのだろう。

ゴード執事《しつじ》長もあれからずいぶん親切になった。

同情だと分かっていても、みんなの気遣《きづか》いが嬉《うれ》しかった。

このまま公爵が長生きをして、ずっとここで暮らせたらと願わずにいられない。

けれど、アマンダの命日が近付くと、公爵の様子がおかしくなった。

「何をなさっているのですか！　公爵様！」

クロネリアがいつものように部屋に行くと、公爵がベッドから下りようとしていた。

「いけません！　無茶をなさらないでください！」

「アマンダのところへ……。アマンダのところへ行かなければ……」

止めようとするクロネリアを振《ふ》り払《はら》い、ベッドから這《は》い出《で》ようとする。

「もうすぐアマンダの命日なのだ。アマンダが呼んでいるような気がする。一年遅れで私を迎《むか》えに来てくれたのだ」

「公爵様……」

クロネリアは公爵の心の内を分かりたいと思った。

「どうか行かせてくれ、クロネリア。アマンダのところへ」

クロネリアは肯《うなず》いた。

「分かりました。どちらにお連れすればよいのですか？」

公爵はあっさり受け止めてくれたクロネリアに感謝して、手を握《にぎ》り懇願《こんがん》した。

「アマンダの眠《ねむ》る墓に。そこでアマンダが待っているのだ」

「墓？　それはどこにあるのですか？」

「ここから一番近いスペンサー領の墓地に埋葬《まいそう》されている。馬車ですぐだ」

「分かりました。ですがそのお体では一人で行くのは無理です。私も付《つ》き添《そ》わせてください。そしてイリス様に許可をもらって馬車の手配をしてもらいましょう」

　しかし公爵は首を振った。

「だめだ。イリスは私が寝込《ねこ》むようになってから、庭に出ることすら体に悪いと言って許可しないのだ。イリスには内緒《ないしょ》で連れて行って欲しい」

「ですが……イリス様の許可なく馬車を出すことはできません」

「ならば歩いて行く。どうしても行かねばならないのだ」

「公爵様……」

　ほとんど力の入らない腕《うで》でベッドから這い出ようとして息を切らしている公爵を見て、クロネリアはこの決意を変えることはできないのだと悟《さと》った。

「少しだけ時間をください、公爵様。アマンダ様の命日には必ずお墓にお連れできるようにします。だから、どうかそれまでは無茶なことはしないでください」

　公爵はすでに体力を使い果たしたのかぐったりとしている。

「……本当か？　……あなたを信じてよいのだな？」

そしてこれ以上動けないと思ったのか、踏《ふ》みとどまってくれた。

無理をしたせいか顔色が悪くなっている。

急いでゴードを呼んで、安静に寝かしつけた。

そしてクロネリアはイリスの執務《しつむ》室に向かった。


「だめだ。だめに決まっているだろう！」

クロネリアがアマンダの墓参りを頼《たの》んでみたものの、やはりイリスにはあっさり却下《きゃっか》された。

何を言い出すのかと呆《あき》れている。

「父上のあの病状で馬車になど乗せたら、命がもたないに決まっている。あなたも見ていれば分かるだろう？」

「ですが、あれほど公爵様が行きたいとおっしゃっているのに……」

イリスは、いつも従順なクロネリアが珍《めずら》しく反論することに驚《おどろ》いていた。

「寿命《じゅみょう》が縮まるのを分かっていて連れ出すというのか？　父上に長生きしてほしくないのか？　あなたはもっと親身になってくれていると思ったのに」

イリスの少しがっかりしたような表情にくじけそうになる。

けれどクロネリアは気を取り直して告げた。

「人は遅《おそ》かれ早《はや》かれ死ぬのです。いたずらに寿命を延ばしてやりたいこともできずに生き続けるぐらいなら、短くても思い残すことのない人生を生きた方が本人にとって幸せなのではないでしょうか？」

「それで父上が亡《な》くなったら、あなたはどう責任を取るつもりだ？　あなたには家族の気持ちなど分からない。しょせん他人なのだから」

いら立ち紛《まぎ》れのイリスの言葉に、クロネリアは静かに問い返した。

「私は他人ですか？」

真《ま》っ直《す》ぐに見つめるクロネリアに、イリスははっとした。

「私は実家の男爵《だんしゃく》家でも、第三夫人の母と共に日陰《ひかげ》の身でした。家の中に居場所もなく、母と二人で他の夫人や兄妹《きょうだい》に気を遣《つか》いながら息をひそめるように暮らしてきました」

唐突《とうとつ》にクロネリアは自分の身の上話を始めた。

「前の嫁《とつ》ぎ先でも、夫二人は優しかったものの他のご夫人やご子息からは疎《うと》まれ、家族などと呼ぶような仲でもなく、やはり居場所と呼べるものではありませんでした」

イリスは呆然《ぼうぜん》とクロネリアの話を聞いている。

「けれどこの公爵家では……公爵様はお優しく、アーク様は可愛い弟のようで、ローゼはとても頼りになる侍女《じじょ》で、イリス様は……温かい心遣《こころづか》いをくださり……私が……」

クロネリアはじわりと溢《あふ》れそうな涙《なみだ》を堪《こら》え、話を続けた。

「私が……どれほど皆様《みなさま》に感謝しているか……、どれほど奇跡のような幸せを感じているか……イリス様に想像できるでしょうか？」

「……」

イリスは言葉を失《な》くしたままクロネリアを見つめていた。

「公爵様が亡くなれば、私がここに残りたいと言っても、おそらく父に連れ戻《もど》されるでしょう。そうして次の看取《みと》り先に嫁ぐことになるのです。次がどんな横暴な夫なのか、他のご夫人方にどれほど疎まれるのか分かりません」

そしてクロネリアは全力で訴《うった》えるようにイリスに告げた。

「公爵様に長生きして欲しいと誰《だれ》よりも切実に願っているのは、この私です」

「クロネリア……」

「けれどそれは……私の願いであって、公爵様の願いではありません。確かに私は契約《けいやく》上だけの看取り夫人です。でも夫人と呼ばれる限りは、夫である方の幸せを一番に願う妻であろうとお仕えしてきました。これまでの看取り先でも、公爵様に対しても」

「……」

今までになく毅然《きぜん》と告げるクロネリアに、イリスは何も言い返せなかった。

「私にとって大切なのは、寿命を延ばすことではありません。残り少ない日々をいかに後悔《こうかい》なく喜びに満ちて生きていただくか。それだけを目指してお仕えしています。それでもしも公爵様の寿命が縮まった責任を取れとおっしゃるならば、どうぞイリス様のお望みのままに罰《ばっ》してくださいませ」

きっぱりと言うクロネリアにイリスは黙《だま》り込み、やがて力なく首を振った。

「いや……。私にあなたを罰する資格などない。すまなかった。それだけの覚悟《かくご》で仕えてくれているからこそ、父上もアークもあなたに心を許しているのだろう。私はいつの間にか、長生きさせることが目的になって、なにが父上の幸せなのか考える余裕《よゆう》すらなくなっていた。他人だなどとひどいことを言って悪かった。許してくれ」

「イリス様……」

素直《すなお》に謝るイリスに、今度はクロネリアが驚いた。

今度こそ解雇《かいこ》されるかもしれないという覚悟で言ったつもりだったのに。

歳《とし》も身分も低いクロネリアの言葉を、イリスはちゃんと聞いてくれる人だった。

それが嬉しい。

「では……命日には……」

イリスは肯いた。

「ああ。外出すると決めたなら、なるべく父上の体に負担をかけないように、ゴードに最善の準備をさせることにしよう。車椅子《くるまいす》も今から手配できるか探してみる」

「あ、ありがとうございます！」

こうしてその三日後の命日に、みんなでアマンダの墓参りをすることになった。


墓参り当日は、朝から晴天で日差しが心地《ここち》よい日だった。

アークは宮廷《きゅうてい》学院を休み、イリスも仕事を休んで、執事長のゴードやローゼも一緒《いっしょ》に馬車を連ねて出掛《でか》けた。

ルーベリア国では命日の墓参りは、ピクニックのように楽しく行うのが定番だった。

賑《にぎ》やかに過ごす人々の陽気に誘《さそ》われて、故人の魂《たましい》が帰ってくるのだと言われている。

楽しげな家族や友人の輪に交じり、ひと時懐《なつ》かしい時間を過ごしてから再び空に帰っていくのだと。だから精一杯《せいいっぱい》楽しく過ごすのが流儀《りゅうぎ》だ。

「お父様！　クロネリア！　こっちだよ！」

アークは久しぶりの家族みんなでのお出掛けに、すっかりはしゃいでいる。

ゴードやローゼたちは先に到着《とうちゃく》して、墓地の前にある広場に日差し除《よ》けのテントを張り、テーブルには軽食や飲み物をセッティングしてくれていた。

アマンダが好きだったバイオリンを奏《かな》でる楽士も呼び、公爵には外出用の車椅子を新調した。わずかな時間でイリスが完璧《かんぺき》に調えてくれていた。

馬車から車椅子に公爵を抱《だ》きかかえて運ぶのはイリスだった。

すっかりやせ細った公爵の体を持ち上げ車椅子まで運ぶ。

そんな親子の触《ふ》れ合《あ》いは、ずいぶん久しぶりだった。

「すまぬな、イリス。重いだろう」

「いえ。これぐらいなんともありません」

公爵を車椅子に軽々と下ろしたイリスは、相変わらずそっけない。

「しかしお前が……よく許可してくれたものだ。庭に出ることすら禁じていたのに。どういう心境の変化だ？」

公爵はイリスに車椅子を押されながら尋《たず》ねた。

「……」

何も答えようとしないイリスにさらに問いかける。

「クロネリアに何か言われたのか……」

「……」

イリスは何も答えないまま、無言で車椅子を押している。

「……ともかく……礼を言う。ここに連れてきてくれてありがとう、イリス」

「……」

やはり何も答えないのかと思われたイリスだったが、ぽそりと呟《つぶや》いた。

「礼なら……クロネリアに言ってください」

公爵はふっと微笑《ほほえ》んだ。

「やはり彼女だったか……。お前を変えたのは……」

イリスは公爵のその言葉を否定しなかった。

「彼女は……家族です。彼女にとって父上がかけがえのない存在であるように、私にとっても彼女はかけがえのない家族だと思っています」

「家族か……。それでいいのか、イリス？」

「？　それではいけませんか？」

イリスは何を聞かれたのか分からなかった。

「いや、それでいいなら別に良いのだ」

そこで会話は途切《とぎ》れ、アークとクロネリアに迎えられて賑やかなピクニックが始まった。

芝生《しばふ》に敷《し》いた大きなブランケットに座り、お茶を飲んで軽食をいただく。

墓前で話すのは、故人の思い出話だ。

楽士が故人の好きだった曲を奏で、その音楽を聞きながら順番に故人の好きだった物を言っていくゲームをしたりする。

「お母様は卵のサンドイッチが好きだったよね。それとローズティー」

アークは自分の隣《となり》にアマンダが座るスペースを作り、その前に好物を置く。

「母上は詩集が好きでした。この本をいつも諳《そら》んじておられた」

イリスは読み込まれた詩集を持ってきて置いた。

「奥様はモスグリーンのドレスを好んで着ておられました」

ローゼはモスグリーンのドレスをアマンダの席に置く。

それぞれが順番に持ち出した遺品を置いていくと、すぐにアマンダの席はいっぱいになった。故人の気を引く物で埋《う》め尽《つ》くされていく。

公爵は車椅子の背を少し倒《たお》してにこにことみんなの様子を見ていた。そして最後にクロネリアが公爵に頼まれたアネモネの花束をアマンダの席に置いた。

「遅咲《おそざ》きのアネモネが、今朝、綺麗《きれい》に咲いていたよ、アマンダ」

まるでその席にアマンダがいるように公爵は話しかけた。

「お母様は僕たちを見つけてくれたかな？　ここに来ているかな？」

アークは不安そうに公爵に尋ねる。

「ああ。来ているとも。アマンダは楽しいことが大好きだった。お前の隣で嬉しそうに笑っているよ。大きくなったなと頭を撫《な》でている」

「本当？　お母様が来ているの？」

まだ母が恋《こい》しいアークは、涙を浮《う》かべた。

「笑ってやってくれ、アーク。アマンダはお前の笑顔《えがお》が見たいそうだ」

「うん！　分かった！」

アークは溢れそうな涙を拭《ぬぐ》い、気丈《きじょう》に笑顔を作った。

「じゃあ、みんなで鬼《おに》ごっこをしようよ！」

アークが提案して、メイドや執事たちを芝生に集める。

「クロネリアも入ってよ！」

「え？　私もですか？」

戸惑《とまど》うクロネリアに、公爵が微笑《びしょう》を浮かべて肯いた。

「鬼ごっこなんて子どもの頃《ころ》以来ですが……私は強いですよ！」

「わあああ！　クロネリアが鬼だああ」

嬉しそうに逃げ惑うアークを追いかけ、子どもの頃のように駆《か》け回《まわ》った。

息を切らすほど駆け回ったのなんて、いつ以来だろう。

すっかりはしゃいで走り回り、ようやく鬼の役をメイドの一人に託《たく》すと、木陰《こかげ》に隠《かく》れて
ぜいぜいと息を整えた。さすがに子どもの頃とは違《ちが》って体力がもたない。

「そうやっていると普通《ふつう》の十八歳の少女のように見えるのにな」

「？」

声のした方を見上げると、イリスが木にもたれておかしそうに笑っていた。

「あ……すみません。ついはしゃいでしまって……」

仮にも公爵夫人《こうしゃくふじん》という立場のくせに、弾《はじ》けすぎてしまったと恥《は》ずかしくなる。

「謝らなくていい。はしゃげばいい。君はもっと年相応に楽しめばいいんだ」

いつも事務的なイリスの言葉が、今日はどこか優しい。

「イリス様は……鬼ごっこに入らないのですか？」

つい尋ねてしまったクロネリアに、イリスはくすりと笑った。

「私が入ると本当の鬼が来たと思ってアークが泣き出すかもしれないからな」

「まさか……。ふふ……」

つられるように笑うクロネリアを見て、イリスが微笑み返した。

「見てみろ。父上が笑っている。あんなに楽しそうに」

イリスの視線の先には、鬼に追いかけられて逃げ惑うアークを眺《なが》めながら、車椅子の上で微笑む公爵がいた。

「もしも父上の外出を許可しなければ、あのような笑顔はもう見られなかったかもしれない。君に言ってもらわなければ、私は父上からあの笑顔を奪《うば》ったまま人生を終えさせていたのかもしれないな」

「いえ……。先日は偉《えら》そうなことを言ってしまって申し訳ありません」

後で思い返してみると、ずいぶんな言い方をしてしまったと青ざめていた。

「謝らなくていい。私は君に感謝しているのだ」

「感謝？」

クロネリアはイリスを見上げた。

藍色《あいいろ》の澄《す》んだ瞳《ひとみ》が温かい色を含《ふく》んでクロネリアを見つめていた。

どきりとして慌《あわ》てて視線を落とす。

「君に多くのことを教えてもらったように思う。私は公爵家を預かる者としての責任に囚《とら》われ過ぎて、家族の本当の気持ちが見えていなかったのだな」

クロネリアはそっと視線を上げ、もう一度イリスを見つめた。

その瞳は、まだクロネリアを包み込むように見つめている。

「最初は君に看取り夫人を頼んだことを悔《く》やんだりもしたが、今はよくやったと自分を褒《ほ》めてやりたいと思っている。君に出会えて本当に良かった」

「！」

真っ直ぐに自分を見つめるイリスの笑顔に、鼓動《こどう》が跳《は》ねた。

そして認めてもらえたのだという喜びが沸々《ふつふつ》と湧《わ》き上《あ》がってくる。

「さあ、アークが呼んでいる。行ってあげてくれ」

クロネリアはまだ跳ねている鼓動をおさえ、ぺこりと頭を下げてアークの許に走った。

その後ろ姿を優しく見送るイリスの視線に、公爵だけが気付いていた。


そしてひとしきり故人を偲《しの》んで楽しい時間を過ごした後、みんなで遺品を持って墓の前に立ち、空に帰っていくアマンダにお別れを言う。

遺品はまた屋敷《やしき》に持って帰るのだが、公爵の持ってきたアネモネの花束だけは墓前に供えた。イリスとゴードに支えられながら、公爵は自ら墓の前に置く。

「大丈夫《だいじょうぶ》ですか、父上？」

よろける体を再び車椅子に戻すと、公爵はゆっくりと目を閉じた。

「お父様？　大丈夫？　疲《つか》れちゃった？」

アークが心配そうに公爵の顔を覗《のぞ》き込んだ。

「公爵様？」

クロネリアは誰にも言っていなかったが、アマンダが迎えに来てくれるという公爵の言葉がずっと気になっていた。

（まさか本当にアマンダ様と一緒に旅立ってしまわれるのでは……）

思わず、縋《すが》るように公爵の手を握りしめる。

しかし、公爵はゆっくりと目を開き、クロネリアを見た。

「公爵様……」

「どうやら私は間違《まちが》っていたようだ、クロネリア」

「間違っていた？」

クロネリアが聞き返すと、公爵はくすりと微笑んだ。

「アマンダに一緒に連れていってくれないかと頼んでみたのだが、叱《しか》られたよ」

「え？」

「まだやらねばならないことがあるでしょう。何を甘えたことを言っているのですかと。すべてきちんとやり遂《と》げてからいらっしゃいませと手厳しく叱られた」

「公爵様。では……」

クロネリアはほっと安堵《あんど》の息をついた。

「うむ。まだやらねばならないことがあるらしい。すまぬがもう少しの間そばにいて、この老いぼれを支えてくれるか？　クロネリア？」

クロネリアは涙を浮かべ肯いた。

「はい。私で良ければ、どうかお仕えさせてくださいませ」

「イリス。どうかこの人を追い返したりしないでくれ。彼女がいてくれるなら、私はこの命を最後の瞬間《しゅんかん》まで精一杯生き抜《ぬ》くと約束する」

公爵は宣言するように言い放った。

その言葉にアークが、ゴードが、ローゼが喜びを浮かべた。

そして誰よりイリスが、変わらぬ表情の下で一番喜んでいた。

「もちろんです。クロネリアは公爵家の一員です。家族だと思っています」

そう答えると、イリスは藍色の瞳をクロネリアに向けた。

絡《から》み合うようにしばらく見つめ合っていた二人だが、はっと我に返ったようにお互《たが》いに目をそらした。

そんな二人に気付いた公爵は、一人で静かに微笑んでいた。

十一、ハンスの訪問

月日が流れていた。

クロネリアの父たちはイリスの脅《おど》しが効いたのか、その後公爵《こうしゃく》家にやってくることはなかった。

母のことだけが心配だったが、イリスの使いの者が時々様子を見に行ってくれている。

身の回りに必要な物を届けたりもしてくれているようだった。

父はクロネリアの前夫の夫人たちに勝手に財産分与《ぶんよ》の請求《せいきゅう》をしたようで、揉《も》めているらしいと噂《うわさ》に聞いたが、イリスは放っておけばいいとクロネリアが関わらないでいられるように守ってくれていた。

アークはすっかりジェシー王子の護衛騎士《きし》が板についてきて、小さな騎士は宮廷《きゅうてい》学院で活躍《かつやく》しているそうだ。クロネリアを慕《した》って甘えてきてくれるようにもなった。

このままずっとこの幸せな時間が続くのでは……と思い始めていた時、再び思わぬ来訪者が公爵邸《こうしゃくてい》へとやってきた。

「いったい君が何の用でこんなところにやってきたのだ？　ハンス」

イリスはいつにも増して恐《おそ》ろしい顔で来訪者を睨《にら》みつけていた。

その底冷えがするほどの冷たい視線に、ハンスは額の冷《ひ》や汗《あせ》を拭《ぬぐ》う。

そしてハンスから少し離《はな》れた場所に、クロネリアも青ざめた顔で立っていた。

なぜハンスがこんなところにまでやってきたのか、クロネリアにも分からない。

けれどイリスが明らかに不機嫌《ふきげん》になっているのは分かる。

自分のことでまた迷惑《めいわく》をかけてしまったと申し訳なさでいっぱいだった。

「ぼ、僕はクロネリアに話があるのです。クロネリアと二人で話をさせてください」

ハンスの言葉に、イリスはさらに険しく眉根を寄せて睨みつけた。

「彼女は父上の妻という立場だ。怪《あや》しい男と二人きりになどできるはずがないだろう」

「あ、怪しいなんて。僕はクロネリアの許嫁《いいなずけ》です。元々、僕が彼女と結婚《けっこん》するはずだった。それをローセンブラート男爵が勝手にバリトン伯爵《はくしゃく》に嫁《とつ》がせて、おまけに僕はガーベラにも騙《だま》されていたのです！」

「……それがなにか？」

イリスは冷ややかに尋《たず》ねた。

ハンスは少し怯《ひる》んだものの、気を取り直したように叫《さけ》んだ。

「ぼ、僕は今もクロネリアを愛しています！　振《ふ》られてショックを受けている時にガーベラに言いくるめられて婚約《こんやく》してしまったが、僕はやっぱりクロネリアを忘れられなかったんだ！」

「ハンス様……」

クロネリアは驚《おどろ》いた顔でハンスを見つめた。

「クロネリア、君も同じ気持ちだろう？」

ハンスはクロネリアに向き直り尋ねた。

「僕たちは邪魔《じゃま》さえされなければ、愛し合って結婚していたはずなんだ。きっと君の気持ちも、あの頃《ころ》と変わってないはずだ！」

「ハンス様……。私は……」

言葉を探すように俯《うつむ》くクロネリアに、さらにハンスが問いかける。

「今回も看取《みと》り結婚なんだろう！　いずれ公爵様も天に召《め》される。その時には、僕と結婚しよう、クロネリア！　今度こそ僕は君を幸せにする！　だから……」

「だまれ!!」

イリスがいらいらと怒鳴《どな》り、ハンスはびくりと言葉を途切《とぎ》れさせた。

公爵がすぐに死ぬような言い方をして、イリスが怒《おこ》るのも当然だろうとクロネリアは思った。そして嫌《いや》な思いをさせてしまったイリスにひたすら申し訳なかった。

「君にクロネリアを幸せにする資格などない！　クロネリアは……」

イリスは何かを言いかけて口ごもる。

「と、とにかくクロネリアを君に任せるわけにはいかない！」

言い切るイリスに、ハンスはむっとして言い返した。

「あなたの方こそ、なんの権利があってクロネリアを不幸にするんだ！」

イリスは納得《なっとく》いかない顔でハンスを睨みつけた。

「私がクロネリアを不幸にするだと？」

「そうだろう？　公爵様が亡《な》くなればクロネリアはまた次の看取り結婚をさせられるんだ。僕だけがクロネリアを救える。クロネリアを救うこともできないくせに、僕から彼女を引き離さないでくれ！」

「……」

イリスは衝撃《しょうげき》を受けたようにハンスを見つめていた。

「ハンス様、私は……」

反論しようとしたクロネリアの言葉を遮《さえぎ》って、ハンスはイリスに告げる。

「分かっただろう。クロネリアの幸せを考えるなら、彼女を僕に返してくれ」

「クロネリアの幸せ……」

イリスは苦しげに呟《つぶや》くと考え込んだ。

その隙《すき》に、ハンスはクロネリアの方に駆《か》け寄《よ》ってきて手を取った。

「クロネリア！　ずっと会いたかった。音楽会で会ってから、僕は君のことが頭から離れなかったんだ！」

「で、でも……あなたはガーベラと婚約していたのでしょう？」

クロネリアは困ったように俯いた。

「それはもう断った。あの女はとんでもない嘘《うそ》つきだったんだ。君は僕みたいな田舎《いなか》伯爵の子息では不満だったのだと言われた。君は昔から贅沢《ぜいたく》好きで、ガーベラの物をいつも横取りするような強欲《ごうよく》な人で、みんな見た目に騙されているのだと聞かされていた」

「そんなことを……ガーベラが……」

だいたい想像はついていたが、二人でそんな話をしていたのだと思うと悲しくなる。

「そうなんだ。今考えてみると全部嘘だった。とんでもない女だったんだ」

ハンスはクロネリアの手を握《にぎ》りしめ、必死に騙されていたのだと説明する。

そんなガーベラに対する罵詈《ばり》雑言を聞き終えたクロネリアは悲しげに尋ねた。

「でも……ハンス様は、それを信じたのですよね？」

事情はどうあれハンスもまた一緒《いっしょ》になってクロネリアの悪口を言っていたのだ。

「そ、それは……」

「私に確認《かくにん》することもなさらず、ガーベラの言葉を信じたのですよね？」

「ち、違《ちが》う。僕は君に振られたショックで平常心ではなかったんだ。その隙をガーベラに突かれてしまったんだ。本当は君を信じたかったんだ」

「でも……信じてはくださらなかったのです」

「クロネリア……」

ハンスは呆然《ぼうぜん》と立ちつくす。

「バリトン伯爵を看取ったあと、私にはハンス様だけが希望でした。けれどあなたは容赦《ようしゃ》なく切り捨てました。あの時、絶望と共に私のハンス様への気持ちも終わったのです」

クロネリアは淡々《たんたん》と話した。

今はようやく淡々と話せるようになったが、当時は悲しくて辛《つら》くて絶望の淵《ふち》を彷徨《さまよ》った。

ハンスはクロネリアが一番辛い時に、辛辣《しんらつ》な言葉で見捨てたのだ。

あの時、ハンスの言う「愛」というものの底の浅さを見たような気がした。

その瞬間《しゅんかん》から、ハンスとやり直すという選択肢《せんたくし》はクロネリアにはなかった。

だがハンスはまだ諦《あきら》めきれないように言《い》い募《つの》る。

「そんな。クロネリア……。待ってくれ。まだやり直せるはずだ。君だってこのまま一生看取り夫人をやり続けるなんて望んでないだろう？」

「それは……」

クロネリアは俯いた。

できることならクロネリアだって、こんな呪《のろ》われた人生を抜《ぬ》け出《だ》したい。

そんなクロネリアにハンスは追い打ちをかけるように告げた。

「僕と結婚しよう。僕だけが君を救えるんだよ。分かるだろう？　もう看取り結婚以外で君と結婚しようなんて貴族はいないんだ。でも僕は違う。僕だけが君を幸せにできるんだ」

その言葉を聞いて、イリスがたまりかねたように立ち上がった。

「勝手に決めつけるな！　そんなこと分からないだろう！」

「イリス様……」

突然《とつぜん》声を上げたイリスに、クロネリアは驚いた。

しかしハンスは「ふん」と鼻を鳴らす。

「他に彼女と普通《ふつう》の結婚を望む貴族がいるというのですか？　公爵様を看取ればバツ３ですよ？　たとえ格式ある若い貴族が彼女を正妻にしたいなどと言っても周りが認めないでしょう？　特にあなたのように公爵家を背負うような方は自分の一存で勝手に決められないでしょう。違いますか？」

「そ、それは……」

イリスは口ごもった。

「だが僕は違う。僕は彼女を正妻に迎《むか》えます。僕しかいないんだよ、クロネリア」

ハンスはクロネリアに向き直り、諭《さと》すように情熱的な目で見つめた。

「ハンス様……」

クロネリアはハンスとイリスを順に見つめ、鳶色《とびいろ》の瞳《ひとみ》を翳《かげ》らせた。

そして肯《うなず》く。

「確かに……ハンス様のおっしゃる通りです」

「クロネリア……」

イリスは青ざめ、ハンスは喜色を浮《う》かべた。

「やっと分かってくれたんだね、クロネリア！　じゃあ、僕と……」

しかしクロネリアは慌《あわ》てて首を振った。

「いいえ。ハンス様と結婚するつもりはありません」

「な！　なぜだ！　クロネリア！　君は一生看取り夫人でいいのか！」

ハンスは唖然《あぜん》として声を荒《あら》らげる。

「一生看取り夫人も悲しいですが、ハンス様と結婚する未来も幸せだとは思えないのです。

もう私は何も知らずに恋《こい》に憧《あこが》れていた十三の頃の私ではないのです」

「そんな……。クロネリア……」

「どうかもうお帰りください。これ以上イリス様にご迷惑をかけたくありません」

しかし、ハンスは追《お》い詰《つ》められたようにクロネリアの両腕《りょううで》を摑《つか》んだ。

「なぜ分からないんだ！　クロネリア！」

「きゃっ！　は、放してください、ハンス様」

思わぬ力で摑まれて、クロネリアは悲鳴を上げる。

イリスは驚いて駆け寄ると、ハンスをクロネリアから力ずくで引きはがした。

「よさないか！　彼女が嫌がっているだろう！」

振り払《はら》われた反動でハンスは床《ゆか》に転がる。

そんなハンスを見下ろしてイリスは怒鳴りつけた。

「聞いただろう！　これがクロネリアの答えだ。出ていけ！」

ハンスは床に転がったまま、激しい目でイリスを睨みつけた。

「こいつのせいなのか、クロネリア！　こいつが何を言ったか知らないが、公爵様が亡くなれば、君はどうせまたここから追い出されるんだ！　こいつの甘い言葉に騙されるな！」

「……」

クロネリアは蒼白《そうはく》になって俯いた。

「騙してなどいない！　私は彼女を追い出したりしない！」

慌てて言い返すイリスを睨みながらハンスはゆらりと立ち上がった。

その手には、いつの間にか懐《ふところ》に隠《かく》し持《も》っていたらしい短刀が握られている。

「ハンス様！」

驚くクロネリアに、ハンスが歪《ゆが》んだ微笑《びしょう》を浮かべて告げる。

「僕は君のために言っているんだ。僕しか君を救えないのがどうして分からないんだ」

「そんなものを持ち出して何を言っている！　短刀をおろせ！」

イリスはじりじりとクロネリアを背に庇《かば》ってハンスに対峙《たいじ》する。

しかしハンスはクロネリアに優《やさ》しく反対の手を差《さ》し伸《の》べた。

「さあ、おいで、クロネリア。誰《だれ》にも怪我《けが》をさせたくなければ素直《すなお》に僕のところに来るんだ」

「ハンス様……」

「クロネリア！　行かなくていい！」

そんなイリスにハンスの短刀が振り下ろされた。

「きゃあああっ！」

クロネリアを庇いながら後ろに下がったイリスの鼻先ぎりぎりを刃《やいば》がかすめる。

「イリス様っ!!」

動転するクロネリアにイリスは落ち着いて声をかける。

「大丈夫《だいじょうぶ》だ。君は離れていろ！」

「で、でも……私のせいでイリス様が……。私が行けば……」

一歩前に踏《ふ》み出そうとしたクロネリアの手首をイリスが掴む。

はっとクロネリアはイリスを見上げた。

「だめだ！　行かせない！」

そのままぐいっとイリスの胸に抱《だ》き寄せられた。

しかしそんなイリスに再びハンスの短刀が振り下ろされる。

慌ててクロネリアを抱き締《し》めたままかわしたが、避《よ》け切れずにイリスのジャケットがざくりと切り裂《さ》かれた音が響《ひび》いた。

「きゃあああっ！　イリス様っ」

そこに悲鳴を聞きつけて部屋の外から衛兵が駆け付けた。

「イリス様っ！」

一緒に駆け込んできたゴード執事《しつじ》長が驚いて、衛兵たちにハンスを取り押さえさせる。

「放せ！　放せ！　僕はクロネリアを救いにきたんだ！」

衛兵に縄で縛《しば》られながらも、ハンスは錯乱《さくらん》したように叫び続けている。

「ご無事でございますか、イリス様」

クロネリアを庇うように抱き締めたままのイリスに、ゴードが尋ねた。

「ああ。少しジャケットが破れただけだ。そいつを憲兵に引き渡《わた》してくれ」

「畏《かしこ》まりました」

ゴードはほっとして肯いた。

衛兵たちはハンスを引きずり、部屋から追い出して連れていく。

「僕は諦めない！　絶対諦めない！　クロネリア！」

叫び続けるハンスの声が遠ざかりながらも聞こえていた。

「大丈夫か、クロネリア」

イリスは腕《うで》の中で青ざめたまま震《ふる》えているクロネリアに尋ねた。

「私よりもイリス様の方こそ……」

「私は大丈夫だ。ジャケットの生地《きじ》が分厚くて助かった。心配するな」

「良かった……。イリス様が無事で……良かった……」

イリスになにかあったらと思うと、まだ恐ろしくて震えが止まらない。

そんなクロネリアを安心させるように、イリスの大きな手が頭を優しく包む。

「もう大丈夫だ。彼の言ったことなんて気にしなくていい。君はここに居ていいんだ。何も心配しなくていい」

耳元に聞こえるイリスの声に、さっきまでの緊迫《きんぱく》した恐怖《きょうふ》が緩《ゆる》んでいく。

こんなに温かい場所があるなんて、今まで知らなかった。

自分の悲しみも孤独《こどく》も恐怖も全部包み込んで受け止めてくれるような温かさ。

そんなものをクロネリアにくれる人など、今までどこにもいなかった。

ずっとここに居られたら……とつい願ってしまう。けれど……。

「もう大丈夫です。ありがとうございました」

クロネリアは思いを断《た》ち切るように、イリスの腕の中からそっと離れた。

イリスは、はっと抱き締めていた腕を緩めて「すまない」と謝った。

「いいえ。またとんでもないご迷惑をかけてしまいました。すみません、イリス様」

クロネリアはしょんぼりと謝った。

「迷惑などと思っていない。君は何も悪くない」

「イリス様……」

その温かい言葉にまだ縋《すが》りたい気持ちをぐっと押し込めて、クロネリアは気持ちを切り替《か》えるように明るい声で続けた。

「ハンス様の言ったこと……ちゃんと分かっていますから安心してください。私はイリス様を困らせるつもりなどありません。自分の立場は分かっていますから」

達観したようなクロネリアにイリスは慌てた。

「クロネリア。違うんだ。私は……」

しかしクロネリアは微笑《ほほえ》んで、肯いた。

「もう充分《じゅうぶん》なのです。イリス様の優しさは充分いただきました。だからどうか私のことで気に病《や》んだりなさらないでください。私は大丈夫ですから」

「そうじゃない。そうじゃないんだ。クロネリア……私は……」

しかし、それ以上何も言うことができないまま、イリスは悔《くや》しげに拳《こぶし》を握りしめていた。

クロネリアが立ち去ったあとの執務《しつむ》室で、イリスは頭を抱《かか》えていた。

「優しさなんかじゃない。私が大丈夫じゃないんだ」

ハンスを追い出して戻《もど》ってきたゴードは、黙《だま》ってそんなイリスを見つめていた。

「ハンスをもう好きではないというクロネリアの言葉を聞いて、私は心底ほっとしていた」

「イリス様……」

「クロネリアがハンスとの結婚を承諾《しょうだく》したらと思うと、居ても立ってもいられなかった」

ゴードは穏《おだ》やかに微笑む。

「だが私がクロネリアを不幸にするのだと言われた時、何も言い返せなかった」

クロネリアの幸せとは何なのか。

クロネリアが、自分の望みよりも父の望みを優先したように、イリスもまた本当にクロネリアの幸せを願うなら、自分の望みよりもクロネリアの望みを優先すべきなのだろう。

そして自分に問いかけていた。

（私の望みとは？）

明らかな答えがそこにあるのに、イリスはあえて見ないようにしてきた。

それは許されないことなのだと……。

「気付かないふりをしても、もう気付いてしまったんだ」

そしてイリスは観念したように呟いた。

「私が……クロネリアを失いたくないんだ、ゴード……」

ゴードはそれ以上何も言わずに肯くと、静かに部屋を出ていった。


その翌日のことだった。

公爵は唐突《とうとつ》にクロネリアに尋ねた。

「あなたは……イリスのことをどう思っている？」

「え？」

クロネリアはどきりとして、どう答えるべきかと戸惑《とまど》いを浮かべた。

「とても……温かくて……お優しい方だと思います」

無難な言葉を選んで答えるクロネリアに、公爵は「ふ」と笑った。

「あなたにはそんな風に見えるのか。少なくとも悪くは思っていないようだな」

「は、はい！　もちろんです」

答えたものの、力強く言い過ぎたかとクロネリアは少し頰《ほお》を染めた。

そんなクロネリアに公爵は思いがけないことを告げる。

「イリスは……私のことを恨《うら》んでいるのだ」

「イリス様が？」

クロネリアは驚いて聞き返した。

今まで何度かイリスと公爵の関係を修復できないものかと思ったのだが、公爵はその話になると途端《とたん》に無口になって何も語らなくなってしまう。

自分からイリスの話を始めるのは初めてだった。

「最初にアマンダの体調の異変に気付いたのはイリスだった。イリスは仕事で忙《いそが》しくしている私に、アマンダの様子がおかしいと言った。だが私はちょうど事業が軌道《きどう》に乗り始めて楽しい時期で、アマンダはそんな私に心配をかけまいと、私の前では気丈《きじょう》に振る舞《ま》っていた。私はなんだ元気そうじゃないかと安心して、再び仕事に飛び回っていた」

クロネリアは肯くだけの相槌《あいづち》を打つ。

「私は仕事にのめり込んで、病身のアマンダも、幼くて手のかかるアークも、何か言いたげな様子で見つめるイリスも面倒《めんどう》に思っていたのだ。大きな事業を成功させようとしている私の足枷《あしかせ》のように感じていた。家族が鬱陶《うっとう》しいと……友人に話したこともある」

公爵は項垂《うなだ》れたまま語り続ける。

「アマンダが危篤《きとく》になった時、私がどこにいたと思う？」

クロネリアは首を傾《かし》げた。

「王宮の晩餐《ばんさん》会だ。妻を同伴《どうはん》する貴族が多い中、私は病気のアマンダを置いて一人で晩餐会に参加していた。他国の貴族にも商談を広げるチャンスだった。私はこんな大事な時に体調が悪いからと参加できないアマンダを腹立たしく思っていた。まったく使えない妻だと。晩餐会に連れていける第二夫人が必要だろうかと、そんなことまで考えていた」

クロネリアは黙って肯いた。

人が心の内を吐《は》き出す時、クロネリアにできることは黙って肯くことだけだ。

「だが商談がうまくまとまって上機嫌《じょうきげん》で帰ってみると、すでにアマンダは亡くなっていた。幼いアークは、泣きじゃくりながら私に抱きついてきた。しかしイリスは……」

公爵は目を瞑《つむ》り、当時を思い出しながら深く息を吸った。

「イリスは……亡骸《なきがら》となったアマンダのそばに立っていた。そして何も知らず呑気《のんき》に帰ってきた私を黙って冷ややかに見つめていた。あの日のイリスの目が忘れられないのだよ」

公爵は苦しげに言う。

「イリス様はなにか公爵様を責めるようなことをおっしゃったのですか？」

クロネリアは尋ねた。しかし公爵は力なく首を振る。

「いや。何も言わなかった。イリスは幼いアークと違って、私がどこで何をしていたのか、病気のアマンダにどんな感情を持っていたのかも全部分かっていたはずだ」

公爵は項垂れたまま告げる。

「イリスは昔から口数は少ないがすべてを見通すような聡《さと》いところがある。あいつは私の醜《みにく》い心をすべて見抜《みぬ》いて、軽蔑《けいべつ》して憎《にく》んでいるのだ。あいつは病気に苦しむアマンダを見捨てた私を決して許さないだろう。そうして今も無言のまま私を責め続けているのだ」

公爵は一気に言うと、疲《つか》れたように息を切らした。

「イリス様がそう言ったのですか？」

「いや、イリスはアマンダが死んだ日から今日まで、一度も私を責めたことはない。だが、口に出さないままに責め続けているのだ」

「……」

公爵はわざと自嘲《じちょう》するように笑って、クロネリアに尋ねた。

「さあ、クロネリア。私にどんな言葉をかけてくれるのだね？　バリトン伯爵を長生きさせ、ブラント侯爵《こうしゃく》を改心させたように、この罪深い私にどんな言葉をかけてくれるのだ？」

公爵は試《ため》すように、そして救いを求めるようにクロネリアに尋ねた。

しかしクロネリアはゆっくりと首を振る。

「私は誰かを救えるような言葉など持っていません。バリトン伯爵にもブラント侯爵にも、特別なことを言ったわけではありません。ただ……失うものなどもう何もない私は、何も持たない一人の人間として単純に思ったことを言うだけなのです」

地位も名誉《めいよ》もなく、夢も希望も失ったクロネリアには、無駄《むだ》な見栄《みえ》や自尊心もなければ、保たねばならない世間体《せけんてい》もない。あるのはシンプルな答えだけだ。

「では……あなたは私に何を言ってくれるのだね？」

クロネリアは思慮深《しりょぶか》い瞳で公爵を見つめて答えた。

「イリス様に直接確かめてはいかがでしょうか？」

それはあまりにも当たり前の言葉だった。

だがその当たり前のことができずに、みんな苦しんでいた。

バリトン伯爵は死を前にして寂《さび》しくてたまらない孤独な心の内を。

ブラント侯爵は多くの人に恨まれたまま死ぬ恐怖を。

答えなどすぐ目の前にあるのに、わざわざみんな遠回りしているようにクロネリアには見える。

地位や名誉や貴族としての体面など、多くのものを持ち過ぎた人々は、意地やプライドが邪魔をして当たり前のことができなくなっているのかもしれない。

クロネリアの返答を聞いて、公爵は力なく微笑んだ。

「こんな時はいつもアマンダが無理やりイリスを引っ張ってきて、さあ二人で話し合いなさいと場を作ってくれた。私もイリスも余計なことをしないでくれと言いながら、お陰《かげ》で本音で話し合うことができた。アマンダのお陰で私は父親面《づら》をして、家族とも円満だとふんぞり返ることができていたのだ」

アマンダは本当に聡明《そうめい》な人だったのだろう。

「アマンダがいなくなって、私は自分が仕事以外何もできないのだと思い知った。そして病になって、その仕事すらできなくなった。イリスは呆《あき》れたことだろう。私はイリスの軽蔑を知るのが怖《こわ》かったのだ。愚《おろ》かな自分を、イリスによって白日の下《もと》に晒《さら》されるのが恐ろしかったのだよ。だから嫌《きら》っているふりをして避け続けていた」

公爵は一気に言い切ってから、ようやく吐き出すことができたと安堵《あんど》しているように見えた。

「このまま避けて何も聞かず、何も話さないまま死んだ方がいいと思っていた。しかし……」

公爵は顔を上げ、クロネリアの手をとった。

「あなたを見ていて思ったのだ。私は私の心配ばかりして、自分のプライドを保つことしか考えていなかったのだと。相手のことを考えているようでいて、私には相手の未来まで思いやる発想がなかった。自分の僅《わず》かに残された未来の心配ばかりで、イリスのこれから先の長い未来を、もう自分には関係ないものだと見ないようにしていた」

クロネリアは静かに肯いた。

「イリスは私に対する憎しみも怒《いか》りも、どこにも吐き出せないまま心の中に持ち続けなければならない。吐き出せない思いを背負ったまま生き続けねばならない。そんなまま死んでしまっては、アマンダに顔向けできないと思った。墓参りで、やり残していることがあるとアマンダが告げたのは……このことだったのだと……ようやく気付いたのだ」

クロネリアはその公爵の手を両手でぎゅっと握りしめた。

「イリス様は確かに公爵様に吐き出せない思いをお持ちのようです」

公爵はやはりそうか、と肯いた。

「ですがそれは、どうも公爵様が考えていらっしゃるものとは違うように思います」

「違う？」

公爵は首を傾げた。

「イリス様は……公爵様を休ませてあげようと思うあまり、ご自分がお仕事を取り上げてしまったのではないかと悔《く》やんでおいででした。公爵様の生きる気力を奪《うば》って病気にさせてしまったのだと、ひどくご自分を責めていらっしゃるように見えました」

「ま、まさか……そんなわけは……」

公爵は驚いたように呻《うめ》いた。

「私はアマンダを失ってから何も手につかなくなっていたのだ。イリスがいてくれて、完《かん》壁《へき》に引き継《つ》いでくれて、どれほどありがたかったことか……それなのに……」

公爵はぽろぽろと涙《なみだ》をこぼした。

「どうか、勇気をお持ちください。公爵様」

クロネリアが励《はげ》ますように言うと、公爵はその手をぎゅっと握り返して呟いた。

「イリスを……。イリスをすぐにここに呼んでくれ。きちんと話し合いたい」

クロネリアは肯いた。

「はい。すぐに呼んで参ります」

イリスを呼んでくるとクロネリアは席をはずし、二人は長い時間話し合っていた。

そこでどんな話をしたのかは知らない。

けれど、しばらくして部屋から出てきたイリスは、重くのしかかっていた澱《おり》のようなものをそぎ落としたように、清々《すがすが》しい笑顔《えがお》でクロネリアを見た。

「君のおかげでお互《たが》いの誤解が解けた。ありがとう、クロネリア」

(ちゃんと話し合えたのだわ。良かった)

クロネリアはほっとしたように微笑みを返した。

「良いお話ができたのですね」

「ああ。とても良い話ができた」

あまりに幸せそうに笑うイリスを見て、クロネリアもつられて嬉《うれ》しくなった。

(良かった。本当に良かった)


けれど、それからほどなくして公爵の容態は急に悪くなった。

往診《おうしん》の医師は、生きているのが不思議なほどの病状だと言って帰っていった。

そしてベッドの側にクロネリアが呼ばれた。

公爵はクロネリアを見ると最後の力を振り絞《しぼ》るように告げた。

「クロネリア。あなたに最後のプレゼントを用意した。私が死んだら受け取るがいい。だがもし気に入らなかったら受け取らなくてもいい。だが……できれば受け取って欲しい」

クロネリアは、その時がきてしまったのだと悲しんだ。

前夫二人も死ぬ間際《まぎわ》になると、同じようなことを言った。

バリトン伯爵は自分の宝飾品《ほうしょく》のすべてを。

ブラント侯爵は自分の遺産のすべてを。

クロネリアに渡すと遺言《ゆいごん》して逝《い》ってしまった。

けれど二人が死んだあと、それらは残った夫人たちによって開示されないまま追い出された。

イリスは……きっと追い出したりしないだろう。

でも内容によっては困らせてしまうのではないだろうか。
イリスを困らせることになるなら何も遺言しなくていい。
けれど、死期が迫《せま》った公爵にそんなことを言えるはずもなかった。
クロネリアは静かに微笑んで答えることしかできない。
「必ず受け取りますわ。ありがとうございます。だから安心なさってください」
それを聞き届けると安堵したように、その二日後、公爵は静かに息をひきとった。
クロネリアは心から悲しんだ。三人目の夫もなすすべなく逝ってしまった。
もっともっと長生きして欲しかったけれど、今回もどうにもできなかった。
「わあああ！　お父様！　お父様！」
アークは公爵の体にしがみついて泣きじゃくっている。
自分に本当に寿命《じゅみょう》を延ばすような神のご加護があれば良かったのにと思った。
看取り夫人のくせに何もできなくてごめんなさいと心の中で謝る。
「クロネリア！　お父様が死んじゃった。うわあああ」
泣きじゃくるアークを抱き締めて、一緒に悲しむことしかできない。
イリスは公爵の亡骸の側に静かに立っていた。
アークやクロネリアのように悲しみを上手に吐き出せない人なのだ。

きっとアマンダが亡くなった時も、こんな風に黙って立っていたのだろうと思うと、切なさが込《こ》みあげてくる。

一緒に抱き合って慰《なぐさ》め合える立場であったなら、力一杯《ちからいっぱい》抱き締めてあげたいのに。

(私はただの看取り夫人だものね……)

「うう……クロネリアは出ていったりしないよね？　嫌だよ。クロネリアまでいなくならないで！」

アークは不安そうにクロネリアにしがみつく。

けれど看取り夫人の役割は、看取った瞬間に終わるのだ。

こんなアークを残して出ていく気にはなれないけれど……。

そっとイリスの顔を窺《うかが》うと、彼は静かに肯いた。

「アークの側にいてやってくれ、クロネリア」

「はい。ありがとうございます」

まだここにいていいのだと、ほっと息を吐いた。

ふと気付くと、クロネリアに抱き着いて泣きじゃくるアークに、イリスがそっと手を伸ばそうとしている。

アークの頭を撫《な》でて悲しみを分かち合いたいのだろう。

(もう少し……)

と思うのに、やっぱりイリスの手は届かない。

行き場のない手を泳がせて、結局諦めてしまう。

「うう……。兄上は悲しくないの？」

アークはなにも気付かないまま、横で突っ立《つった》っているイリスを非難するように尋ねた。

「お母様の時も、兄上は黙って立っているだけだった。お父様と僕は泣いているのに、兄上が泣いているのは見たことがないよ」

クロネリアは音楽会で不器用な涙を流すイリスを見ていたが、アークは知らないのだ。

アークは悲しみを分かち合えない兄に不満を持っているようだった。

「兄上はきっと僕が死んでも泣かないんだろうね」

アークはぽそりと呟く。

「！」

イリスは僅かに傷ついた表情を見せたものの、弁解もせずに黙ってアークの言葉を受けとめている。

クロネリアは慌てて首を振った。

「そんなことはありません。イリス様は誰よりも悲しんでおいでですよ。アーク様が死んだりしたら……立ち直れないほど悲しまれるはずです」

「兄上は僕のことなんて……好きじゃないでしょ……」

イリスの不器用な愛情は、アークには理解するのが難しいのだ。

しょんぼりと言うアークに、再びイリスの手が伸ばされた。

けれど届かないままに相変わらず彷徨っている。

クロネリアは、そのイリスの手をぐっと掴んだ。

「‼」

イリスは驚いたようにクロネリアを見る。

クロネリアは構わず、その掴んだ手をアークの頭にのせ、撫でさせた。

「兄上……」

今度はアークが驚いた顔でイリスを見上げる。

クロネリアはそのアークの背をそっと押して、イリスの胸に飛び込ませた。

イリスは慌ててしゃがんでアークを受けとめると、我慢《がまん》しきれないようにその小さな体をぐっと抱き締める。

「兄上！　うわあああ」

抱き締められてアークも今まで堪《こら》えていた兄への思慕《しぼ》を解放できたようだ。

イリスにしがみついて泣きじゃくっている。

「アーク……」

イリスは今までの分を取り戻すようにアークを抱き締め、頭を撫で続けた。

クロネリアはその様子を見守りながら涙を浮かべる。

（本当に手のかかる不器用で……優しい人たち……）

壁際《かべぎわ》に控《ひか》えていたローゼと目を見合わせ微笑んだ。

（良かった。これでもう思い残すことはないわ……）

クロネリアはすべてやり終えたような達成感に浸《ひた》っていた。


イリスは契約《けいやく》が終わっても、クロネリアを追い出すようなことはしなかった。

むしろ引き留めてくれた。

「一緒に父上を弔《とむら》ってくれるか？」

「恐れ多くも父のように慕っていました。弔わせていただけるなら、どうかお願いします」

「もちろんだ」

公爵ともなれば弔問《ちょうもん》の数も尋常《じんじょう》ではない。

次々に馬車で訪《おとず》れる弔問客の相手をして、イリスは忙しくしていた。

その間、クロネリアはアークを慰めながら過ごしていた。

告別式は王都の教会で盛大《せいだい》に執《と》り行《おこな》われた。

王様やルーベリア宮廷学院の関係者など、錚々《そうそう》たる顔ぶれが参列し、領民たちも教会の外に大勢集まって、多くの人に慕われた人柄《ひとがら》だったことがよく分かった。

クロネリアは黒いドレス姿でローゼと共に参列した。

イリスはアークと一緒に家族の列にいていいと言ってくれたが、クロネリアは固辞してなるべく目立たぬよう、侍女《じじょ》の一人のように振る舞い、アークが側にいて欲しいと言った時だけ側に寄り添《そ》った。

そうして多くの人々に惜《お》しまれながら、盛大な告別式が終わると、日常が戻ってきた。

この時期が一番寂しさを感じる。

戻った日常の中に、もう公爵がいないことを実感するのだ。

だからアークがもう少し立ち直れるまでと、ずるずると居座《いすわ》ってしまっている。

「私もそろそろ出ていかなければね」

クロネリアは自室で着替《きが》えを手伝ってくれているローゼに呟いた。

「え？　出ていかれるのですか？」

ローゼは驚いたように尋ねた。

「もちろんよ。私は公爵様の看取り夫人であって、看取ったあとは赤の他人でしょう？」

「ですが、イリス様は居場所がないならずっとここに居ていいと……」

ローゼは父が来た時のことをまだ覚えていたようだった。

「お優しいイリス様はそんな風に言ってくださったけれど、本当に居座るわけにはいかないでしょう。公爵様が亡くなれば、私の契約は終わりなのです」

「で、ですが……あのローセンブラート男爵《だんしゃく》と妹のいる家に帰るのですか？」

「ええ。他に帰るところはないもの。それにお母様もいるわ」

「それはそうですが……」

ローゼは、クロネリアがイリスの言葉に甘えてこのままここに居ると思っていたらしい。

もちろんあの時、一瞬《いっしゅん》だけど、そうできればと思ってしまったこともある。

けれど時間が経《た》って冷静に考えてみると、そんなことはできるはずがなかった。

「戻って……また誰かの看取り夫人になるのですか？」

ローゼは父が来た時のことを思い出したのか、憤然《ふんぜん》と尋ねる。

「父は……きっと公爵様が亡くなったと聞いて、次の相手を決めているでしょうね」

公爵を看取ったと聞いて、クロネリアの看取りを希望する者はさらに増えていることだろう。

「それでいいのですか？」

ローゼは信じられないという表情で尋ねる。

「私が戻らなければ、父はきっと契約はもう終わったのだから帰せと言ってくるでしょう。またイリス様に迷惑をかけてしまいます。これ以上イリス様に迷惑をかけるわけにはいきません」

下働きでもいいから、ここに置いてもらって暮らせたらとも思った。

けれど、そんなことを父が許すはずがなかった。

「イリス様は迷惑だなんて思っていませんわ。そんなことは気にせずここにいてください。アーク様のためにも」

ローゼはそんなことを言ってくれる。けれど。

「あれから少しだけ法律について調べてみたの。父が前夫の夫人たちに訴訟《そしょう》を起こすと聞いて、そんなことができるのかと思ったから」

今も父はクロネリアが実家に戻ってくるのを手ぐすね引いて待っている。

そして前夫の夫人たちはそれに怯《おび》えているのだろう。

公爵《こうしゃく》家と縁《えん》が切れれば、イリスさえ邪魔しなければ、今までのようにクロネリアを思い通りに金づるにできるのだと父は待っているのだ。

そんな父の思い通りになどなりたくないけれど。

「父はいつも、母も私も自分の命令に従うのが当たり前だと思っていたわ」

そしてそれはあながち間違《まちが》ってもいなかった。

「ルーベリアの法律では、特段の身分を持たない妻子は家長である父の所有物の扱《あつか》いなのよ。公爵夫人でなくなった私の所有者は父なの。もしも私がローセンブラート家に帰らなければ、父はイリス様に対して訴訟を起こしてでも私を取り戻そうとするでしょう」

「そんな……。ではそれでイリス様に迷惑がかからないように？」

ローゼは唖然として尋ねた。

「イリス様にはもう充分なことをして頂いたわ。私は本当に幸せな時間を過ごせたの。この日々があっただけで、私は幸せな人生だったと胸を張って言えるわ。だからもういいの」

「クロネリア様……」

「イリス様にたくさんの贈り物《おくもの》を頂いたけれど、私の小さなトランクにはとても入らないわ。良かったらローゼがもらってくれないかしら？　私は最初に贈ってくださったこの紫《むらさき》のドレスだけ頂こうかと思うの」

たった今ローゼが着付けてくれた紫のドレスを、感慨深《かんがいぶか》く見つめる。

初めてイリスと馬車で出掛《でか》けた思い出のドレスだ。

イリスに初めてもらったプレゼントでもある。

実家に帰れば父かガーベラに取り上げられるかもしれないけれど、これだけは持っていきたい。

「そして……来た時に持っていらしたトランクとドレスで帰るおつもりですか？」

「ええ。ドレスの染《し》みも取れたし、破れたところも繕《つくろ》ったの。だから大丈夫よ」

「ですが……」

「アーク様には言わずにこっそり夜に出るわ。馬車の手配を頼《たの》んでもいいかしら？」

クロネリアは今晩出ようと思っていた。

しかしまだローゼは諦めきれないように言う。

「ですが遺言は？　公爵様が亡くなる前にクロネリア様にプレゼントがあると。受け取って欲しいとおっしゃったのだと聞きました」

だがクロネリアは首を振った。

「最初から……何も受け取るつもりはなかったの。持って帰っても父に取り上げられるだけよ。だからイリス様が遺言のことを気にしていらしたら、そう伝えて欲しいの」

遺言のことをイリスは中々言い出せずにいるようだった。

何かよほど言い出しにくいことが書かれていたのかもしれない。

「イリス様にもお会いにならないまま行くつもりですか？」

「会えば……優しいイリス様は私の境遇《きょうぐう》を心配して引き留めようとしてくださるでしょう？　そうして父とのトラブルに巻き込みたくないの」

できることなら、ちゃんとお別れを言いたかったけれど、イリスのためを思うならこのままこっそり去った方がいいように思った。

「……」

ローゼは青ざめて突っ立っている。

クロネリアはその間に古ぼけたトランクを出して、荷物を詰め始めた。

「だめですわ……」

「え？」

ローゼが呟き、クロネリアは顔を上げた。

「クロネリア様は公爵様に必ず受け取ると約束なさいましたわ！　公爵様の最後の願いを反故《ほご》になさるつもりですか？」

「あの時はそう答えたけれど……。私はそのお気持ちだけで……」

「いいえ！　だめです！　イリス様にすぐに遺言状を開くように言ってまいります！」

「え、ちょっと、ローゼ……」

クロネリアが呼び止めるのも聞かず、ローゼは走っていってしまった。

そうして、すぐにクロネリアはイリスの部屋に呼ばれた。

十二、公爵の遺言

「ここに父上の遺言《ゆいごん》状がある。クロネリアに渡《わた》して欲しいと預かっていたものだ」

イリスは神妙《しんみょう》な面持《おもも》ちで告げた。

「スペンサー家の家督《かとく》はすでに父上の生前に私が引《ひ》き継《つ》ぐことが決まっていたため、家長である私に委ねられた遺言状だ。悪いが先に内容を確認《かくにん》させてもらった」

部屋にはアークも呼ばれていた。

執事《しつじ》長のゴードとローゼも壁際《かべぎわ》に控《ひか》えている。

後継者《こうけいしゃ》が自分に不利な遺言を握《にぎ》りつぶすことは、ルーベリアではよくあることだった。

前夫の夫人たちと違《ちが》い、イリスは遺言を握りつぶすようなことはしないようだ。

それだけでクロネリアは充分《じゅうぶん》だった。

最後まで誠実な人で良かったと、遺産分けを惜《お》しんで汚《きたな》い本性《ほんしょう》を晒《さら》すような人でなくて本当に良かったと……分かっていたけれどそれだけでもう満足だった。

「確かに公爵《こうしゃく》様から最後にプレゼントがあるとおっしゃって頂きました。けれど、私は看取《みと》り契約《けいやく》の妻であり、遺産を受け取るような身ではないことは分かっております。どうぞその遺言は破棄《はき》してくださいませ」

クロネリアは淡々《たんたん》と答えた。

受け取るのはイリスの誠意だけで充分だった。

しかし、クロネリアの言葉を聞いて、イリスは困ったような表情になった。

「もちろん……受け取るかどうかは、あなたの自由だ。けれど、できれば私は受け取って欲しいと思っている」

「？」

クロネリアは首を傾《かし》げた。

もしかして金品ではなく、公爵の形見のようなものなのだろうか？

「イリス様がいらない物なら頂いてもよいですが……」

「いらないというか……あなたにとっては迷惑《めいわく》な代物《しろもの》かもしれないが、できれば受け取ってくれれば嬉《うれ》しい」

迷惑な代物とは何だろう。

使い古した愛用品かなにかだろうかと思った。

「公爵様は……いったい何を私に遺《のこ》されたのでしょうか？」

イリスは一呼吸おいてクロネリアに尋《たず》ねた。

「君は……父上の遺言も聞かずに今夜出ていくつもりだったようだな」

「……」

イリスは少し怒《おこ》っているようだった。

隣《となり》に立つアークが青ざめた顔でクロネリアを見上げている。

「本当なの？　クロネリアは出ていくつもりなの？」

「アーク様……」

「嫌《いや》だよ！　クロネリアまでいなくなるなんて絶対嫌だ！」

すでにアークの目からはじわじわと涙《なみだ》が溢《あふ》れている。

こうなってしまうから、夜のうちにひそかに出ていこうと思っていたのに。

「私がいなくなっても、アーク様にはイリス様がいます。ジェシー殿下もいます。他にもたくさんの素敵《すてき》な学友の皆様《みなさま》がいます。ゴード執事長もローゼもいるではないですか」

「嫌だ！　クロネリアも一緒《いっしょ》がいい！　クロネリアは僕が嫌《きら》いなの？」

「まさか……」

クロネリアはしゃがんでアークを抱き締《だし》めた。

「大好きですよ、アーク様。初めて会った時から……」

「じゃあ行かないでよ！　嫌だよ」

「私がいては……アーク様にもイリス様にも……迷惑がかかるのです」

「迷惑なんか何もないよ！」

幼いアークには分からないだろう。今は仕方がない。

いつか大人になった時に分かってくれればと思う。

「君が迷惑になると思っているのはローセンブラート男爵《だんしゃく》のことだろう？」

イリスはさすがによく理解している。

「はい。おそらく父は次の看取り結婚《けっこん》をさせるために、私を取り戻《と》《もど》そうとするでしょう。訴訟《そしょう》を起こすようなことがあれば、父が勝訴《しょうそ》すると思います。どれほど拒絶《きょぜつ》したところで、私は父の許《もと》に戻される運命なのです」

「そうなの？　兄上？」

アークが不安そうに尋ねる。

「何とかできないの？　兄上なら何とかできるでしょう？　何とかしてよ」

アークはイリスに懇願《こんがん》した。

「アーク様。残念ながらイリス様でもルーベリアの法に背《そむ》くことはできません。そして、私などのためにイリス様がそこまでする必要などないのです」

「クロネリア……」

呟《つぶや》くイリスに向き直り、クロネリアは頭を下げた。

「私は契約によって雇《やと》われたバツ３の看取り夫人でございます。どうぞ気にせず、このまま捨て置いてくださいませ」

「……」

イリスは深い藍色《あいいろ》の瞳《ひとみ》で、そんなクロネリアをじっと見つめた。

そして告げる。

「あなたが心配していることなら、私はすでに父上の生前に気付いていた。そして父上に相談したのだ。あなたが私と父上を和解させてくれたあの時」

「公爵様と？　何を相談されたのですか？」

確かにあの時、二人はずいぶん長い時間話し合っていたようだった。

でもクロネリアの話までしているとは知らなかった。

「その時話したことを、父上は遺言に残してくれたようだ」

「遺言に？」

クロネリアは訳が分からず聞き返した。

イリスは決心したように深呼吸して、遺言状を開いた。

「遺言を読み上げよう。こう書いてある。『愛すべきクロネリア嬢《じょう》に、迷惑かもしれないが我が愚息《ぐそく》イリスを是非《ぜひ》とも受け取ってもらいたい』」

「……」

クロネリアはしばし呆然《ぼうぜん》として考え込んだ。

「え？」

「つまり……。私の妻になってくれないかということだ」

イリスはこほんと咳払《せきばら》いして告げる。

クロネリアはその言葉の意味を吟味《ぎんみ》して青ざめた。

「イリス様は看取りにはまだ早いのではありませんか？　それともまさか！　病で余命が短いと言われているのでございますか？」

自分を妻にと請《こ》う人は看取り希望の人しかいないと思い込んでいた。

「えっ？　兄上も病気なの？」

幼いアークも真意が分からず泣きだしそうになっている。

イリスは困ったように頭を掻《か》いた。

「いや、この通り元気だ。まだまだ長生きするつもりだ。そういうことではなく……」

「病気でないのならもしかして……」

クロネリアは唖然《あぜん》として呟く。

イリスはようやく伝わったかと頰《ほお》を赤らめる。しかし。

「いけません！」

「え？」

クロネリアはさらに青ざめて首を振《ふ》った。

「確かに妻になれば、私の所有権はイリス様に移ります。父が訴訟を起こしたとしても、夫の権利の方が上になります。でも、そんなことのためにイリス様が犠牲《ぎせい》になるなんて」

「犠牲？」

イリスは困惑したように聞き返す。

「私が父の許に戻らずに済むように、妻にするなんて……。どこまで人が好《い》いのですか」

「いや、いくら私でもそこまでお人好しではない。違う、クロネリア」

壁際に控えるゴードとローゼが顔を見合わせて笑っている。

イリスはしばし躊躇《ためら》ったあと、思い切ったように告げた。

「あなたと結婚したいのだ、クロネリア。この数か月、父上の世話をするあなたの誠実な姿を見ていて、あなたのような人と人生を共に過ごしたいと思うようになったのだ」

「な！」

クロネリアはあまりに思いがけない言葉に驚《おどろ》いた。

イリスは呆然と見つめるクロネリアと目が合って照れくさそうにする。

そしてこほんと咳払いをして尋ねた。

「迷惑だろうか？　クロネリア」

クロネリアは慌《あわ》てて答えた。

「ば、ばかなことを……。私は社交界では看取り夫人と呼ばれているのですよ？　しかもバツ3です。イリス様のような方にふさわしい相手ではありません。今は公爵様が亡《な》くなられたばかりで気が動転していらっしゃるのですわ。よく考えて正気になってくださいませ」

しかしイリスは首を振る。

「父上が亡くなる前に長く話したあの日、父上は私のあなたへの気持ちにも気付いていた。そして契約婚《けいやくこん》とはいえ、自分のことを気にしているなら正直になってよいのだと言ってくれた。それでもまだ私が父上に遠慮《えんりょ》するかもしれないと気遣《きづか》って、父上はこの遺言を残してくれたのではないかと思っている。私の気持ちはすでに定まっているのだ、クロネリア。あとはあなたの気持ち次第《しだい》なんだ。どうだろうか。考えてみてくれないだろうか」

「まさか、そんな……」

クロネリアの瞳にじわりと涙が溢れる。

看取り以外の結婚など、自分にはもうないと思っていたのに……。

「どうか父上の遺言を受け取ると言ってくれないか、クロネリア」

イリスは片膝《かたひざ》をつき、請うようにクロネリアの手を取り見上げた。

「私などで……本当にいいのですか？　バツ３なのですよ？」

「これまでの経緯《いきさつ》はすべて分かっている。誇《ほこ》らしいバツ３だ」

「世間では看取り夫人と呼ばれているのですよ？　いいのですか？」

「あなたに看取ってもらえるのは私が最後だ。みんなに羨《うらや》ましがられることだろう」

「看取るなんて……何年先のことだと思っているのですか……」

　ぽろぽろと涙がこぼれる。

「ずっとずっと先だ。まずは父上を穏《おだ》やかに看取ってくれた恩返しをさせて欲しい。あなたが今まで出来なかったこと、したかったこと、全部叶《かな》えてあげたい。新婚《しんこん》旅行にも行こう。カーニバルにも今度こそ一緒に行こう。社交界にも私がエスコートする」

「社交界に私など連れていったら、イリス様の評判が落ちますわ……」

「私の自慢《じまん》の妻を悪く言う者がいたら、懲《こ》らしめてやろう」

　クロネリアがどれほど自分を卑下《ひげ》しても、イリスは動じることなく反論して微笑《ほほえ》んだ。

「あなたの母上もここに呼んで一緒に暮らせばいい。部屋はいくらでも余っているのだから」

　クロネリアは驚いた。

「母を……呼んでもいいのですか？」

「ああ。もちろんだ。亡くなった母が戻ってきたのだと思って尽《つ》くすつもりだ」

　クロネリアは涙でぐしゃぐしゃになっていた。

「本当にこんな私などで……いいのですか？」

「あなたがいいのだ。クロネリア」

「イリス様……」

顔を覆《おお》って泣きじゃくるクロネリアの背にイリスの手が遠慮がちに彷徨う。

だがもう遠慮する必要はない。父の遺言がイリスの気持ちを後押《あとお》ししてくれた。

誰《だれ》に遠慮することなくこの愛《いと》しい体を抱き締められるのだ。

イリスはようやく誰に憚《はばか》ることなく、その背を抱き寄せた。

倒《たお》れかかるように胸に顔をうずめたクロネリアを、イリスはさらにぎゅっと力いっぱいに抱き締める。

クロネリアはバツ３にして、初めて愛すべき相手の抱擁《ほうよう》というものを知った。

身をゆだねて受けとめてもらえる安らぎを。

自分の生涯《しょうがい》にはないものと諦《あきら》めていた、ぬくもりを。

「これから二人でたくさんの思い出を作ろう。そしていつかあなたと、可愛《かわい》い子どもや孫たちに囲まれて看取られる人生であるならば、私は世界一幸福な男だろう」

クロネリアはその優《やさ》しい腕に包みこまれ、奇跡《きせき》のような幸せを噛《か》みしめた。

幸せそうな二人を見届けると、ゴードとローゼがアークを部屋の外に連れ出す。

「しばし、お二人だけにして差し上げましょう」

「さあ、アーク様。行きましょう」

アークは素直《すなお》に従ったものの、出る間際《まぎわ》に口を尖《とが》らせイリスに告げた。

「言っておくけど、僕の方がクロネリアを好きだからね！　もしも兄上がクロネリアを泣かせることがあったら、僕の妻にするからね！」

イリスはクロネリアを抱き締めながら「分かった」と微笑んだ。

十三、婚約披露パーティー

スペンサー公爵邸《こうしゃくてい》には、次々と豪華《ごうか》な馬車が招き入れられていた。

馬車からは正装をした紳士淑女《しんししゅくじょ》が降りてくる。

ゴード執事長《しつじ》は貴賓《きひん》たちを丁寧《ていねい》に出迎《でむか》え、完璧《かんぺき》な采配《さいはい》で大広間に案内していた。

イリスは先日、王宮にて正式にスペンサー公爵の継承《けいしょう》を王に承認《しょうにん》してもらった。

今日はその公爵継承のお披露目《ひろめ》と共に、クロネリアとの婚約《こんやく》発表をする予定だった。

結婚式《けっこんしき》は公爵の喪《も》が明けた来年の予定だが、クロネリアの立場を世間にはっきりさせるためにも、大々的にお披露目をしようということになった。


「変じゃないかしら、ローゼ？　イリス様に恥《はじ》をかかせてしまわないかしら？」

クロネリアは不安げに侍女《じじょ》のローゼに尋《たず》ねる。

「とても素敵《すてき》でございます、クロネリア様。自信をお持ちくださいませ」

まだウエディングドレスではないが、白いアネモネの花びらを模した純白のドレスに、白いヴェールをイメージした髪飾《かみかざ》りをつけ、真珠《しんじゅ》を幾重《いくえ》にも垂らしている。

完全なる主役のドレスだ。

こんな風に自分が祝われる立場でパーティーに出席する日が来るなんて、もうずいぶん昔に諦《あきら》めていたはずだった。

夢のようだと思う反面、心配なこともあった。

「イリス様は父も招待したと言っていたけれど、大丈夫《だいじょうぶ》かしら？　そのまま実家に連れ戻《もど》されてしまうのではないかしら？」

父にはスペンサー邸への出入り禁止を言《い》い渡《わた》していたが、さすがに婚約披露パーティーにクロネリアの両親を呼ばないわけにはいかなかった。

イリスはすべて自分に任せてくれと言っていたが、あの父のことだから何を言い出すか分からない。婚約など認められないと、父親の権限で連れ戻されて再び次の看取《みと》り先に嫁《とつ》がされてしまうのではないかと、日ごとに不安が募《つの》っていた。

「どうかご安心くださいませ。イリス様は正式にスペンサー公爵となられたのです。クロネリア様のお父上が何を言い出そうとも、公爵様に逆らえるものではありませんわ」

ローゼは自信たっぷりに答えた。

そんなクロネリアの控《ひか》え室《しつ》にイリスがやってきた。

「入ってもいいか？　クロネリア」

ローゼはドアを開けてイリスを招き入れ、部屋の隅《すみ》に下がった。

「イリス様……」

イリスは純白のドレス姿のクロネリアを見つめ、しばし固まる。

「え？　どこか変ですか？　や、やはりバツ３の私などが純白のドレスなんて図々《ずうずう》しかったでしょうか？」

クロネリアは真っ赤になって俯《うつむ》いた。

「いや違《ちが》う。どこも変ではない。図々しくなんかない。ただ……」

「ただ？」

すぐ目の前に立ったイリスをクロネリアは見上げた。

「あまりに美しくて戸惑《とまど》っただけだ。あなたの思慮深《しりょぶか》い鳶色《とびいろ》の瞳《ひとみ》は、純白のドレスに一番映《は》えるのだと今知った。よく似合っている」

少し照れたように告げるイリスの言葉で、すべての不安が吹《ふ》き飛《と》んだ気がした。

「イリス様……」

見つめ合う二人の背後でこほんと咳払《せきばら》いが聞こえた。

「お邪魔《じゃま》して申し訳ございませんが、イリス様。こちらのお客人をお連れ致《いた》しました」

ゴード執事長がドアの前に立っていた。

イリスは大事な用件を思い出し、ゴードに問いかけた。

「誰《だれ》にも見つからなかったか？」

「はい。万事《ばんじ》命ぜられた通りに致しました」

「うむ。ご苦労だった」

クロネリアは何の話か分からず、首を傾《かし》げた。

「イリス様。お客様とは？」

イリスは肯《うなず》いて「入ってもらってくれ」とゴードに命じた。

そしてゴードの後ろから遠慮《えんりょ》がちに入ってきた人物に、クロネリアは目を見開いた。

「どうして……」


大広間にはすでに招待客が集まっていた。

そして真ん中の扉《とびら》から現れたイリスとクロネリアに祝福の声が浴びせられる。

「おめでとうございます！　イリス様」

「爵位《しゃくい》の継承と共に婚約までなさったとは、これはおめでたい」

「ご婚約おめでとうございます！」

祝福に交じって令嬢《れいじょう》たちの恨《うら》み節も聞こえてくる。

「ああ……。なんてことかしら。イリス様を狙《ねら》っていたのに……」

「お相手はどんな良家のご令嬢かと思ったら、田舎《いなか》の男爵《だんしゃく》家なのですもの」

「しかもあの噂《うわさ》の看取り夫人ですって」

「信じられないことにバツ3だという話ですわ」

「イリス様は騙《だま》されておられるのよ」

けれど、イリスと腕《うで》を組んで歩いてくるクロネリアの凛《りん》とした美しさに息を呑《の》むと、それ以上文句を言うことはできなくなったようだ。

「クロネリア、おめでとう！」

アークが色とりどりの花束を差し出した。

「まあ、ありがとうございます。アーク様」

その隣《となり》には王子のジェシーも立っていた。

「父上から手紙を預かってきた。新たなスペンサー公爵に渡してくれと言われた」

ジェシーは懐《ふところ》から手紙を取り出すと、大仰《おおぎょう》にイリスに差し出した。

イリスは片膝《かたひざ》をついて恭《うやうや》しく受け取る。

「ありがたく拝受致します、王子殿下《でんか》」

「うむ。大儀《たいぎ》であった。我が新たな臣下よ」

しかし芝居《しばい》がかったやり取りを済ませると、ジェシーはすぐに子どもの顔に戻る。

「では、私の役目は終わった。あとは自由に楽しませてもらう」

「はい。どうぞお気楽にお過ごしくださいませ。王子殿下」

側には早く一緒《いっしょ》に遊ぼうと、宮廷《きゅうてい》学院の友人たちが待ち構えていた。

「じゃあ、僕たちはみんなと庭で遊んでいるね？」

アークがクロネリアに手を振《ふ》り、子どもたちは堅苦《かたくる》しい大広間から駆《か》けだしていく。

両親の死を乗《の》り越《こ》え、すっかり子どもらしい明るさを取り戻したアークは、騎士《きし》ごっこに夢中のようだった。

「元気になって良かった」

「最近少しいたずらが過ぎるようだがな」

クロネリアとイリスは微笑《ほほえ》み合う。

そんなクロネリアに、思いがけない人々が挨拶《あいさつ》にやってきた。

「まあ！　まあまあ、クロネリア様。なんてお美しくなられたのかしら」

「いえ、以前からお美しい方だと思っていましたわ」

「それにしても公爵様と婚約なさるなんて……」

「なんて素晴《すば》らしいことでしょう。祝福致しますわ」

前夫であったバリトン伯爵《はくしゃく》とブラント侯爵《こうしゃく》の夫人たちだった。

嫁いでいた頃《ころ》はみんなクロネリアに親切とは言い難《がた》い人たちだったが……。

「クロネリア様、私たちは同じ妻同士、少しばかり諍《いさか》いもございましたけど、もう水に流してくださいましたわよね？」

「過去は水に流して、どうかこれから仲良くしてくださいませね」

公爵と婚約と聞いて、手の平を返すことにしたようだ。それにしても調子がいい。

「クロネリア様は公爵夫人になられるのですもの、もう前夫の遺産なんてはした金に興味はございませんわよね？」

「あなたのお父上が遺産の分配を求めて裁判を起こすなんて冗談《じょうだん》を言っておられるようですけど、まさかそんなことなさいませんわよね？」

必死の形相でクロネリアに問いかける。それを確認《かくにん》したかったらしい。

「遺産のことよりも、皆《みな》さまはちゃんと亡《な》き夫を弔《とむら》ってお墓参りをしていますか？」

クロネリアは尋ねた。

後は家族で弔うからと、葬儀《そうぎ》にも出してもらえないまま追い出された。

その後きちんと弔っているのか分からない。

「そ、それはもちろん！」

「亡き夫に感謝して、毎日のように思い出してお祈《いの》りを捧《ささ》げていますわ」

どうも嘘《うそ》っぽい。

少しでも反省の気持ちを持ってくれることを祈るしかない。

「私は最初から遺産が欲《ほ》しいなどと言ったことはありません。父が勝手にしていることです。裁判を起こすつもりもありませんわ」

クロネリアの言葉を聞いて、夫人たちはほっと安堵《あんど》の表情を浮《う》かべた。

「さ、さすがクロネリア様はお優《やさ》しい方ですわ」

「これで安心して暮らすことができますわ」

良かった良かったと立ち去ろうとする夫人たちだったが、イリスが一言付け足した。

「まあ……クロネリアはこう言っていますが、お父上が何をなさるかは知りませんがね」

「え！」

サーッと青ざめる夫人たちを置き去りに、イリスはクロネリアを連れて歩き出した。

夫人たちは悲愴《ひそう》な表情で二人の姿を呆然《ぼうぜん》と見送っている。

「イリス様ったら……」

「ふ。あれぐらい言っておかないと反省しないだろうからね」

少し気の毒には思ったものの、多少強いことを言わないと反省しない人もいる。

その代表とも言える二人が近付いてきた。

父と、その隣には不機嫌《ふきげん》顔でつんとすましたガーベラの母、第一夫人が立っていた。

「いやあ、先日は大変失礼を致しました、公爵様。もう二度とこちらに伺《うかが》うことはできないかと思っていましたが、ご招待頂きありがとうございます」

父はすっかり下手に出てイリスの顔色を窺《うかが》うように愛想笑《あいそわら》いを浮かべた。

「仮にもクロネリアのお父上ですので、ご両親に婚約の承諾《しょうだく》を頂こうかと思いましたが」

イリスはわざと『両親』と告げて、周りを見回した。

「あ、いや……。クロネリアの母親は大変内気な女でございまして、このような晴れやかな場は気後《きおく》れすると申しまして。代わりに第一夫人を連れて参りました」

第一夫人は高慢《こうまん》な表情で顎《あご》を上げ、クロネリアを見下ろしている。

「先日は大変見苦しい姿を見せてしまいましたが、あれから私も深く反省しました。クロネリアの父として、これからは娘《むすめ》を大切にしてスペンサー公爵家とも交流を深めたいと思っています。なあ、クロネリア。父を許してくれるだろう？」

父は卑屈《ひくつ》な顔でクロネリアに懇願《こんがん》するように尋ねた。

「ええ。許しますわ。お父様」

クロネリアの返答に父は目を輝《かがや》かせた。

「そ、そうか！　許してくれるか、クロネリア！　さすが優しい娘だ。これからはスペンサー公爵夫人となったお前と我がローセンブラート男爵家は家族ぐるみで付き合おうではないか。なあ、お前」

父は隣にいる第一夫人に賛同を求める。

「まあ……。これからは夫人同士お付き合いしても良くてよ。クロネリア」

第一夫人はこの期に及《およ》んでも高飛車で、クロネリアに威圧《いあつ》的だった。

しかしクロネリアは冷たく言い放つ。

「勘違《かんちが》いなさらないでください。私はこれまでのことを許すと言っただけです。これまでのことをすべて許す代わりに、家族であったこともどうぞ白紙にしてくださいませ」

「な、なにを言い出すのだ、クロネリア！」

父は慌《あわ》てた。

しかし第一夫人は慌てることもなく陰険《いんけん》に口の端を歪《ゆが》めて笑う。

「ほほ。見なさい。本性《ほんしょう》が出たようね。この子は幼い頃からずる賢《がしこ》くて、被害者《ひがい》ぶってガーベラのものを奪《うば》ってきたわ。私は、今日はあなたの本性を暴《あば》くために来たのよ。皆様《みなさま》、これが看取り夫人の本性ですわ！　騙されないでくださいませ！」

勝《か》ち誇《ほこ》ったように第一夫人が言い、周りにいた貴族たちがざわついた。

「よ、よさないか、お前」

仲良くしようと目論《もくろ》んでいた父が、慌てて第一夫人を窘《たしな》める。

「だがいつも家族思いのお前らしくないぞ、クロネリア。ほら、公爵様が呆《あき》れていらっしゃる。家族を捨てるような態度は良くないぞ」

しかしイリスが代わりに微笑《びしょう》を浮かべて答えた。

「私は呆れてなどいませんよ、男爵。なぜなら、私がクロネリアにこう言うように頼《たの》んだのですから」

「な！　そんな！」

父は蒼白《そうはく》になり、第一夫人はイリスを憮然《ぶぜん》と睨《にら》みつけた。

「クロネリアのローセンブラート家からの除籍《じょせき》と私との婚約は、正式に国王陛下《へいか》に認めて頂きました。この通り、陛下の署名が入った承認書を頂いています」

イリスはさっきジェシーから受け取った手紙を懐から出して見せた。

「そのお手紙は……」

何も聞かされていなかったクロネリアは、驚《おどろ》いてイリスを見た。

「君の立場をより確実にするため、先日の爵位継承《しゃくいけいしょう》の時に頼んでおいたのだ」

イリスは父の目の前にぐいっと承認書を突きつけた。

「今日よりあなたはクロネリアに対するどんな権利も持たない。実家に呼び戻すことも、勝手に連れ去ることも許さない。背《そむ》くことは国王に対する反意とみなされます」

「く……。何を勝手なことを……」

ぎりりと歯ぎしりした父は、しかし、すぐに不敵な笑《え》みを浮かべた。

「ふ……。いいでしょう。私はクロネリアを呼び戻したりなどしません。ですが、クロネリアが戻りたいと言ったら、さすがにそれを止めるようなことはなさらないでしょうね？」

「もちろん。クロネリアが実家に戻りたいと言うなら、その意思は尊重するつもりです」

父は、にやりとほくそ笑んだ。

「私がローセンブラート家に戻りたいなんて言うはずがないですわ、お父様」

クロネリアはきっぱりと告げる。

「それはどうかな？　お前は実家と一緒に母親まで捨てるつもりなのか？　お前が戻らない家で、母親がどんな不幸な目に遭《あ》っても見過ごすつもりか？　お前にはできまい」

父の言葉に第一夫人もほくそ笑んだ。

「ほほほ。確かに旦那《だんな》様のおっしゃる通りですわ。あのローセンブラート家の役立たずのお荷物を置き去りにするつもりかしら、クロネリア。何の価値もない厄介《やっかい》者の面倒《めんどう》を見させられるこちらが迷惑《めいわく》ですわね」

クロネリアは怒《いか》りをおさえ第一夫人を見つめた。

「いいえ。お母様を見捨てるつもりなんてありませんわ」

父はクロネリアの返答に満足そうに肯いた。

「ならば、この婚約は破棄《はき》して共に我が家に戻ろう。すでにお前の次の看取り先候補はたくさんあるのだ。母親を見捨ててまで公爵家に嫁ぐことはない。さあ、クロネリア」

父が差し出す手を、イリスがぱしりと弾《はじ》いた。

「どこまで娘を食い物にすれば気が済むのだ。愚《おろ》か者《もの》が！」

「なんだと？　お前の方こそ、母子の縁《えん》まで切らせてクロネリアを囲い込もうとするとは自分勝手な男だ！　クロネリアは決して母を見捨てられない。結局、私の許に戻ってくる運命なのだよ」

父はついに本性を見せて、高飛車に言い切った。

「さて、それはどうでしょうか？」

イリスが微笑を浮かべ、その後ろから驚くべき人物が現れた。

「な！　お前がどうしてここに……」

父が驚いたように呟《つぶや》く。

「娘の婚約披露パーティーを見たくない母親がいるでしょうか？　いくら私が内気だとしても、出席を拒《こば》むはずがございません。これ以上嘘を重ねるのはやめてくださいませ、旦那様」

そこに立っていたのは、ローセンブラート家に置き去りにされているはずの母だった。

先ほどパーティーが始まる少し前に到着《とうちゃく》して、クロネリアと再会していた。

粗末《そまつ》なドレスを着ていた母は、急いでローゼが用意してくれたドレスに着替《きが》えていた。

身なりを整えれば、やつれてはいても母は気品のある美しい人だった。

「私はようやく分かりました。クロネリアの自由を奪っていたのは、この私だったのだと。泣いて謝って、自分さえ我慢《がまん》すれば丸くおさまるのだと自分の弱さを許してきたせいで、一番愛するクロネリアを不幸にしてきたのだと、今こそはっきり気付きました」

母は、結婚《けっこん》して虐《しいた》げられる前の自分を取り戻したように告げた。

「今日を限りに離縁《りえん》してくださいませ、旦那様。私はここでクロネリアと共に暮らしていくことに決めました。もう二度と、あの孤独《こどく》で惨《みじ》めで、陰湿《いんしつ》ないじめと裏切りにまみれたローセンブラート家に帰ることはありません！」

「な、なんですって！　あなた、自分がなにを言っているか分かっているの？　私たちに逆らって生きていけると思っているの？」

第一夫人はぎりりと唇《くちびる》を噛《か》みしめて脅《おど》し文句を告げる。

この威圧的な声で、いつも母を脅し続けてきた。

そして気の弱い母は、恐《おそ》ろしくてずっと逆らえなかった。

クロネリアのために、自分のために、強くなると母は決めたのだ。けれど、もう違う。

「あなたのその脅しに私は長年操《あやつ》られてしまいました。けれどあなたに逆らっても生きる道はいくらでもあったのです。私が立ち向かいさえすれば、他に道はあった。私にもクロネリアと共に幸せになる道があったのです。自分さえ立ち上がって決断すれば」

母は強い意思の浮かぶ目で、クロネリアに微笑んだ。

「お母様……」

クロネリアは、初めて本当の母と意思が通じ合えたような気がした。

「お、お前……よくも……ここまで面倒を見てきてやった恩も忘れて……」

「憎《にく》しみはあれど、あなたに恩義など感じたことは一度もありませんわ」

「！」

いつも気弱で言いなりの母にきっぱり言われて、父は呆然と言葉をなくした。

そしてイリスが告げる。

「さて、今度こそ、あなた方と完全に縁を切らせて頂きましょう。二度とこのスペンサー公爵家に足を踏《ふ》み入《い》れることは許さない。どうぞ、お帰りください」

「く……」

周りで聞いていた貴族たちが囁《ささや》き合う。

「なんだかローセンブラート家はクロネリア様母娘《おやこ》にずいぶんなことをしていたようですわね。ひどい話ですわ」

「事情はよく分かりませんけど、スペンサー公爵様を敵に回したのだから、ローセンブラート家にもう未来はありませんわ」

「恐ろしいこと。あのような方とお付き合いしないようにしましょう」

「もう社交界に居場所はありませんわね」

こそこそ話す貴族たちの声に、父はいたたまれなくなって叫《さけ》んだ。

「く、くそ！　帰るぞ、お前！」

「なんですって！　このまま、あの女に好き勝手言われたまま帰るのですか！」

「う、うるさい！　仕方がないだろう！」

「なんて情けない！　あの女のせいでガーベラの縁談《えんだん》もだめになったのよ！」

「ふん！　だめになったのはお前たち母娘の性格がねじ曲がっているからだろう！」

「な、なんですって！　私とガーベラのせいだとおっしゃるの？」

すっかり仲違《なかたが》いして、貴族たちに白い目で見送られながら二人は出ていった。

その二人を見送ると、母は緊張《きんちょう》の糸が切れたのか倒《たお》れそうになった。

「大丈夫？　お母様」

心配顔を向けるクロネリアに、母は初めて見るような晴れやかな笑《え》みを浮かべた。

「ええ。大丈夫よ。でも……自分の意見を言えたのは何年ぶりかしら。怖《こわ》くてどきどきしたけれど、今は清々《すがすが》しい気持ちよ。久しぶりに自分の足で立っている気がするわ」

それはもう虐げられて言いなりになっている弱い母ではなかった。

クロネリアはそんな母の姿を見て、ようやく安堵した。

エピローグ

婚約披露《こんやくひろう》のパーティーは多少の波乱があったものの滞《とどこお》りなく終わり、イリスとクロネリアは大広間のテラスから庭を眺《なが》めていた。

「お疲《つか》れになったのではありませんか？」

クロネリアは隣《となり》に立つイリスに尋《たず》ねる。

「君の方こそ疲れただろう。公爵《こうしゃく》家は付き合いも多くこれから覚えてもらわねばならないこともたくさんある。苦労をかけるかもしれないな」

夕暮れの涼《すず》やかな風が優《やさ》しく二人の間をすりぬけていく。

「イリス様と一緒《いっしょ》なら……どんな苦労も乗り越えられるような気がします」

イリスは藍色《あいいろ》の温かい目を細めて微笑《ほほえ》んだ。

夢を持って進む未来のためなら、クロネリアはどんな苦労も楽しいような気がしていた。

「お母様のことも、ありがとうございます」

イリスが母を連れてきてくれていなかったら、どうなっていたか分からない。

任せてくれと言った言葉通り、イリスはすべてをうまく収めてくれた。

「あんなお母様は初めて見ました。本当はあんな風に毅然《きぜん》と言い放つことのできる女性だったのですね。イリス様のおかげで本当の母を取《と》り戻《もど》すことができました」

イリスは、そうではないとゆっくり首を振《ふ》る。

「私は君を見倣《みなら》っただけだ。君が私の父を理解して救ってくれたように、私も君の母上を救いたいと思ったのだ。君の誠実な心が私を動かしたのだ」

「イリス様……」

クロネリアとイリスの視線が絡《から》み合《あ》う。

もうこれからは誰《だれ》にも遠慮《えんりょ》することなく見つめ合うことができる。

けれどそう思うとクロネリアは急に恥《は》ずかしくなった。

真っ赤に火照《ほて》る顔を隠《かく》すように、イリスから離《はな》れてテラスの手すりに身を乗り出す。

「ま、まあ。見てください、イリス様。ここからアネモネの花壇《かだん》が見えますわ」

身を乗り出すと、遠くにアネモネの花壇が見えていた。

「どれ？　ここから見えたかな」

イリスは背後に立って、クロネリアを囲い込むように両手で手すりを摑《つか》んだ。

クロネリアはどきりと心臓が跳《は》ねあがる。

「どこに見える？」

イリスの声が耳のすぐそばで聞こえた。

「あ、あそこですわ。ほら少し遠いですけど」

「どれどれ、よく見えないな」

覗《のぞ》き込むようにしたイリスの頬《ほお》が、クロネリアの頬に触《ふ》れていた。

クロネリアは真っ赤になって固まる。

「あ、あの……イリス様……。ち、近いです……」

「うん。分かっているよ」

「！」

驚《おどろ》いて見上げるクロネリアの目の前に、いたずらっぽいイリスの目があった。

「君が逃《に》げるからちょっと意地悪をしたくなるだろう」

「イリス様ったら……」

そっとクロネリアの頬に添《そ》えられたイリスの手が温かい。

少し戸惑《とまど》うように見上げるクロネリアは、十八歳のはにかんだ少女の顔になっていた。

イリスの前でだけ、看取《みと》り夫人もバツ３も忘れて、愛する人との結婚《けっこん》を夢見る普通《ふつう》の少女に戻ることができる。

イリスだけが知っているクロネリアだった。

「困ったな、クロネリア。君が可愛《かわい》すぎてこの手が離れたくないと言うんだ」

「もう……イリス様ったら……」

そして不器用で口下手なイリスが、本当はこんなに茶目っ気のある人だなんて誰も知らない。クロネリアだけが知っているイリスがここにいる。

そんなイリスが愛おしい。

「イリス様。アマンダ様のアネモネの花壇を、私が引《ひ》き継《つ》いではだめでしょうか？」

「母の花壇を？」

「はい。イリス様との結婚記念日のたびに花壇を一つ増やしたいのです。いつかこのテラスからでも、真っ赤なアネモネが咲《さ》き誇《ほこ》るのを見られますわ」

イリスが優しく微笑む。

「花言葉は『君を愛す』だったか……」

「はい」

「それは楽しみだな」

イリスの柔《やわ》らかい藍色の瞳《ひとみ》が近付き、そっとクロネリアの唇《くちびる》にキスを落とした。

二度と手に入らないと思っていた奇跡《きせき》のような幸福を胸いっぱいに感じて。

諦《あきら》めていた幸せな日々を、これから一つ一つ積み重ねていこう。

この愛する人と共に……。

END

あとがき

このたびは『バツ3の看取《みと》り夫人と呼ばれていますので捨て置いてくださいませ』を手に取っていただきありがとうございます。

この小説は、私自身が看取りというものを身近に感じる出来事があり、暗くなり過ぎない程度に物語にしてみようとＷＥＢ上に短編として公開した作品でした。

看取り夫人などという異質なヒロインの物語でしたが、予想外にたくさんの方に支持していただき、多くの読者様の嬉《うれ》しく興味深い感想が今作の加筆のヒントになりました。

ＷＥＢの短編では書ききれなかったものや、新たな登場人物も加え、書籍《しょせき》という形にできたのは応援《おうえん》していただいた読者様のおかげです。当時読んでくださった読者様も、あの人はこういう結末になったのか、などと思いながら楽しんでいただければ嬉しいです。

また、担当様にも多くの助言をいただき、切ないながらもほっこりと優《やさ》しい作品になったのではないかと思います。作品に寄《よ》り添《そ》っていただけたこと、心より感謝致《いた》します。

そして、愛らしいクロネリアと麗《うるわ》しいイリスを描《か》いてくださったセカイメグル様、本当にありがとうございます！　イメージ通りに描いていただけて感激しました。

どうかたくさんの方に楽しんでいただけますように。ありがとうございました！

■ご意見、ご感想をお寄せください。
《ファンレターの宛先》
〒102-8177 東京都千代田区富士見 2-13-3
株式会社KADOKAWA ビーズログ文庫編集部
夢見るライオン 先生・セカイメグル 先生

ビーズログ文庫

●お問い合わせ
https://www.kadokawa.co.jp/（「お問い合わせ」へお進みください）
※内容によっては、お答えできない場合があります。
※サポートは日本国内のみとさせていただきます。
※Japanese text only

バツ3の看取《みと》り夫人《ふじん》と呼《よ》ばれていますので捨《す》て置《お》いてくださいませ

夢見《ゆめみ》るライオン

2023年5月15日 初版発行

発行者 山下直久
発行 株式会社 KADOKAWA
〒102-8177 東京都千代田区富士見 2-13-3
（ナビダイヤル） 0570-002-301
デザイン 寺田鷹樹
印刷所 凸版印刷株式会社
製本所 凸版印刷株式会社

ISBN978-4-04-737487-4 C0193

定価はカバーに表示してあります。

◇◇◇